BEÁ MEIRA

MODERNISMO
NO BRASIL

PANORAMA DAS ARTES VISUAIS

editora ática

Modernismo no Brasil: Panorama das artes visuais
© Beá Meira, 2006

Diretor editorial	Fernando Paixão
Editor assistente	Fabricio Waltrick
Preparadora	Maria da Anunciação Rodrigues
Coordenadora de revisão	Ivany Picasso Batista
Revisora	Cátia de Almeida
Estagiária	Janaína Taís da Silva

ARTE
Edição	Cintia Maria da Silva
Assistente	Eduardo Rodrigues
Projeto gráfico e editoração eletrônica	Rex Design
Pesquisa iconográfica	Silvio Kligin (coord.)
	Angelita Cardoso

CIP-BRASIL. CATALOGAÇÃO NA FONTE
SINDICATO NACIONAL DOS EDITORES DE LIVROS, RJ

M451m

Meira, Beá, 1961-
 Modernismo no Brasil: Panorama das artes visuais / Beá Meira. - 1. ed.-
São Paulo: Ática, 2006.
 64p.

 Contém suplemento de leitura
 ISBN 978-85-08-10423-9

 1. Modernismo (Arte) - Brasil. 2. Artes - Brasil - História - Século XX. I.Título.

06-2125.   CDD 709.81
             CDU 7.036(81)

ISBN 978 85 08 10423-9 (aluno)
CL: 733229
CAE: 209631

2020
1ª edição
8ª impressão
Impressão e acabamento: Gráfica Bueno Teixeira

Todos os direitos reservados pela Editora Ática, 2006
Avenida das Nações Unidas, 7221 – CEP 05425-902 – São Paulo, SP
Atendimento ao cliente: 4003-3061 – atendimento@aticascipione.com.br
www.aticascipione.com.br

IMPORTANTE: Ao comprar um livro, você remunera e reconhece o trabalho do autor e o de muitos outros profissionais envolvidos na produção editorial e na comercialização das obras: editores, revisores, diagramadores, ilustradores, gráficos, divulgadores, distribuidores, livreiros, entre outros. Ajude-nos a combater a cópia ilegal! Ela gera desemprego, prejudica a difusão da cultura e encarece os livros que você compra.

Créditos:
Abreviaturas: a: no alto; b: embaixo; c: no centro; d: à direita; e: à esquerda
Rijksmuseum Kroller-Müller, Otterlo: 4a, 8a. MAC-USP, SP: 4a, 4c, 5a, 15, 24, 37b, 38, 44. Coleção Museu Nacional de Belas Artes/IPHAN/MINC, RJ: 4a, 10, 12b, 26ce. Coleção Chaim José Hamer, SP: 4b, 33a. MAM, Rio de Janeiro/Coleção Gilberto Chateaubriand: 4b, 31cd. Museu de Arte da Pampulha, Belo Horizonte, MG: 4b, 35b. Acervo MALBA, Coleção Costantini, Buenos Aires: 4c, 22a. Museu de Arte Moderna Aloisio Magalhães, Pernambuco. 4c, 18. Coleção Família Cordeiro: 5a, 39b. Fundação Pierre Verger, Salvador: 5c, 52a. Museu Lasar Segall, São Paulo: 5b, 56a. Estate of Pablo Picasso/Artists Rights Society (ARS), New York: 6. Icons of Graphic Design, Steven Heller e Mirko Ilic, Thames Hudson:7. Deutsches Historisches Museum/Lepkowski: 8bd. Philadelphia Museum of Art: 9a. Arquivo do jornal *O Estado de São Paulo*: 9b. Acervo George Ermakoff, RJ: 11. Coleção José Paulo Moreira da Fonseca: 12a. FAU-USP/LRAV Fotografia: 13a. Fundação do Patrimônio Histórico da Energia, SP: 13b. Museu Lasar Segall/ São Paulo: 14. Acervo Iconographia/Companhia da Memória: 16. Oswald de Andrade, Obras Completas, "O perfeito Cozinheiro das Almas deste Mundo": 17. P.M. Bardi, O Modernismo no Brasil: 18. Iconographia: 19b. Theodor Preising: 20. Coleção de Oswald de Andrade Filho: 21. Pagu: Vida e Obra, Augusto de Campos: 22b, 23cd. MASP, São Paulo: 23a, 26a, 36. CPDOC/Fundação Getulio Vargas: 23be, 27b. CEDAE-UNICAMP, Campinas: 25. Museus Castro Maya, IPHAN-Minc, RJ: 27a. Museu de Arte do Rio Grande do Sul Ado Malagoli: 29a. Armando Vianna: 29be. Carlos Namba/ Editora Abril: 30. Hulton-Deutsch Collection/CORBIS: 31bd. Archives Treillard, Paris/A.D.A.G.P - Man Ray Trust: 32. Coleção Sergio S. Fadel, RJ: 33b. Projeto Portinari: 34a, 34b. Folha Imagem: 37a, 41be. Geraldo de Barros/Galeria Brito Cimino: 40, 53be. Coleção Adolpho Leirner: 41ae. Marcel Gautherot/Instituto Moreira Salles: 42, 52b, 59ad, 60b. AJB: 43. Paulo Kobayashi/Editora Abril: 45ad. Odeon: 45b. Aleksander Rodtchenko: 46. Paim Vieira: 47ad. Biblioteca Guita e José Mindlin, SP: 47b. Coleção Waldemar Torres, Porto Alegre: 48a. MAM, São Paulo, Coleção Adolpho Leirner: 48b. A Herança do Olhar - O Design de Aloisio Magalhães, Artviva Produção Cultural: 49a. Augusto de Campos, Poesia 1949-1979: 49b. Man Ray: 50. IEB-USP, São Paulo: 51. Hildegard Rosenthal/Instituto Moreira Salles: 53ae. Cortesia de Kobal Collection: 54ae. Acervo da Cinemateca Brasileira, SP: 54bd, 55ae, 55be, 57. Carybé/Vera Cruz/Acervo da Cinemateca Brasileira, SP: 56bd. Fundação Le Corbusier: 58a. MAB-FAAP/Cosac Naify: 5b, 58b. Eugenio Savio: 59be. Greg Salibian/Folha Imagem: 60a. Projeto do Plano Piloto de Brasília/Lucio Costa: 61b.
Foram feitas todas as tentativas para encontrar os detentores de copyright; entretanto, se houver ocorrido alguma omissão inadvertida, por favor entre imediatamente em contato com a editora para efeito de retificação.

APRESENTAÇÃO

1917. Guerra, epidemia, greves e revoluções. O calor de dezembro desafia a multidão no centro de São Paulo. Homens apressados se atropelam pelas ruas na agitação do trabalho. Ali mesmo, na Rua Líbero Badaró, uma exposição de arte está para mudar a história do país. As pinturas de Anita Malfatti, ainda que representem uma manifestação tardia do Expressionismo, corrente artística que se difundira pela Europa nos primeiros anos do século XX, vão causar muita polêmica.

1967. O mundo está às vésperas de um período tumultuado de revoltas e revoluções. O governo militar brasileiro se prepara para tomar medidas mais duras a fim de reprimir a oposição. No Museu de Arte Moderna do Rio de Janeiro, no Aterro do Flamengo, de ·frente para a baía da Guanabara, Hélio Oiticica exibe *Tropicália*. A obra, um espaço labiríntico que pode ser penetrado pelo público, é uma proposta pioneira no cenário internacional das artes plásticas.

Nesse intervalo de 50 anos a arte brasileira se modificou drasticamente. Conquistou a liberdade de inventar e passou a irradiar novas ideias para o mundo. Como essa transformação aconteceu? Quem são os artistas e as instituições responsáveis por tantas mudanças? Como as ideias estéticas desse período se refletiram nas artes gráficas, na fotografia, no cinema e na arquitetura?

Nas páginas deste livro – que traz reproduções de obras que marcaram época, acompanhadas de descrições concisas do cenário político e cultural – você vai encontrar algumas das respostas para essas questões. E, provavelmente, vai descobrir muitas razões para querer saber mais sobre a produção dos artistas brasileiros do século XX e de hoje.

Beá Meira

SUMÁRIO

MODERNISMO NA EUROPA **6**

ARTE BRASILEIRA NO INÍCIO DO SÉCULO XX **10**

NOVOS ARES **14**

A SEMANA DE 22 **16**

ANTROPOFAGIA **20**

OS ANOS 1930 **24**

DE VOLTA À TRADIÇÃO **28**

OUTROS CAMINHOS **32**

UM SÍMBOLO DO MODERNISMO **34**

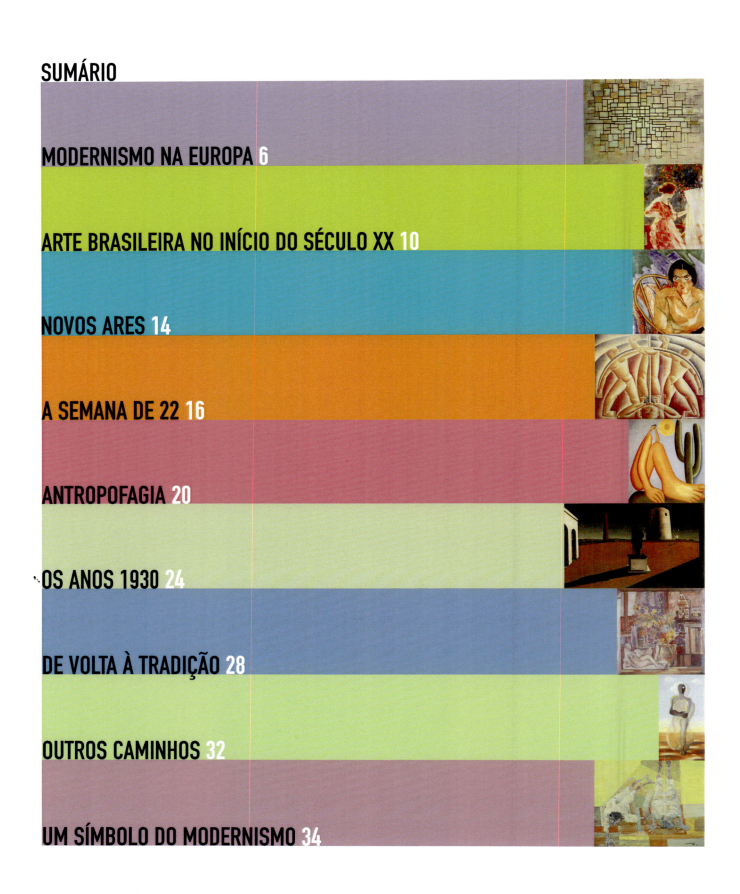

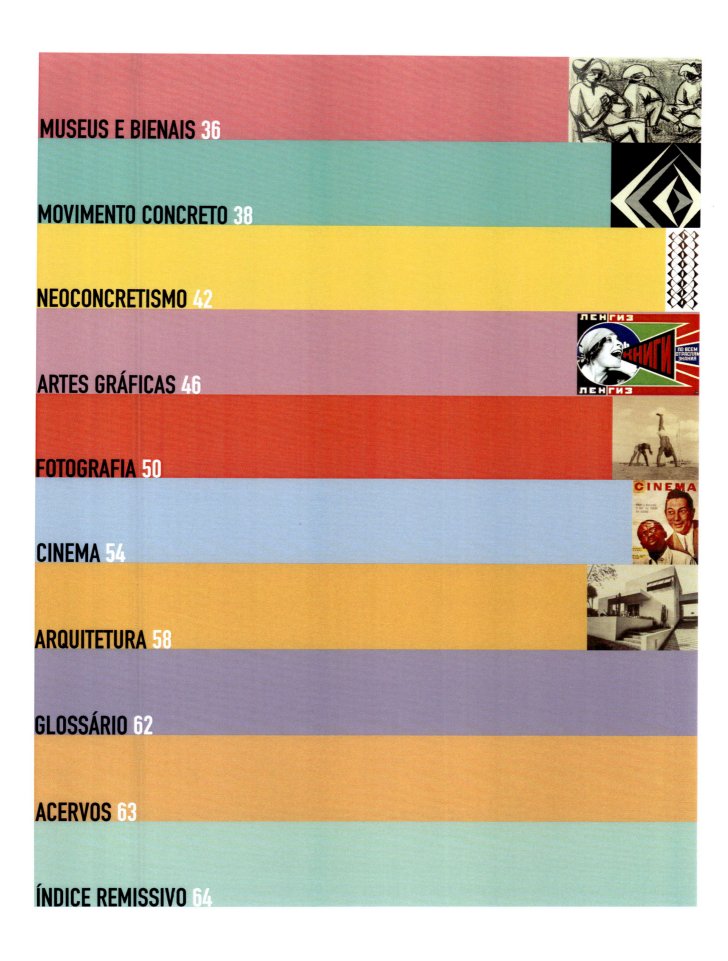

MUSEUS E BIENAIS 36

MOVIMENTO CONCRETO 38

NEOCONCRETISMO 42

ARTES GRÁFICAS 46

FOTOGRAFIA 50

CINEMA 54

ARQUITETURA 58

GLOSSÁRIO 62

ACERVOS 63

ÍNDICE REMISSIVO 64

MODERNISMO NA EUROPA

A segunda metade do século XIX na Europa foi uma época de profundas transformações, que alteraram radicalmente todos os aspectos da vida humana. Os avanços científicos e tecnológicos impulsionaram de modo definitivo a indústria e o comércio. A invenção da máquina a vapor multiplicou a capacidade produtiva das sociedades, levando à chamada Revolução Industrial. A ferrovia, o automóvel e o avião modificaram os meios de transporte. A fotografia, o cinema e as transmissões de rádio anunciavam uma nova era nas comunicações. Ocorreram também transformações sociais e políticas, com as lutas pela democracia e o surgimento das ideias socialistas.

UMA NOVA ORDEM

A população aumentou e passou a se concentrar nas grandes cidades. Muitos deixavam o campo e se tornavam operários, suprindo a demanda de mão de obra das fábricas, cada vez mais numerosas. Apesar das péssimas condições em que se encontrava a maioria da população, havia a esperança de que as mudanças políticas, somadas ao progresso tecnológico, trariam dias melhores para a humanidade.

Os operários e outros segmentos das classes menos favorecidas lutavam, apoiados nas ideias socialistas, por um mundo mais democrático, com uma distribuição mais justa da riqueza. Os valores e as regras sociais também eram questionados, e tudo apontava para a necessidade de imaginar uma nova ordem estética.

UMA NOVA ARTE

Os artistas já vinham desde meados do século XIX se rebelando contra a ideia de representação da realidade ensinada nas academias de arte. Com a invenção da fotografia, em 1839, alguns temas deixaram de interessar tanto aos pintores. Os retratos, por exemplo, podiam ser feitos a partir de então por uma câmera fotográfica. Em busca de novos desafios, os artistas não queriam mais usar efeitos de luz e sombra ou a perspectiva para dar uma ilusão do real em suas pinturas.

Na França, os impressionistas tinham abandonado a pintura no ateliê e faziam representações rápidas ao ar livre, em que o importante era captar a luz do momento.

Um clima de experimentação tomava conta dos jovens artistas plásticos, músicos, escritores, atores e bailarinos. Eles desejavam que seus trabalhos refletissem as últimas realidades reveladas pela ciência, as ideias a respeito do funcionamento da mente e as novas propostas políticas. Mas queriam principalmente experimentar a liberdade individual em suas criações.

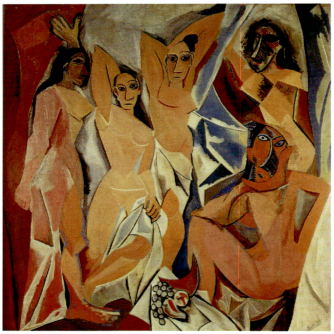

Pablo Picasso
*Les demoiselles d'Avignon
(As senhoritas de Avignon),*
1907, MoMA, Nova York,
Estados Unidos

Considerada um marco na arte moderna, esta obra representa os corpos de cinco mulheres, construídos a partir de formas geométricas incongruentes – algo diferente de tudo o que havia na época.

CUBISMO

No começo do século XX, em Paris, os jovens artistas Pablo Picasso (1881-1973) e Georges Braque (1882-1963) estavam fazendo experiências artísticas, buscando simplificar as formas das figuras.

Eles criaram uma maneira de representar os objetos de diversos pontos de vista ao mesmo tempo. Faziam isso com a intenção de incorporar a dimensão do tempo em seus trabalhos. Repetindo e sobrepondo vários elementos, usando linhas interrompidas e poucas cores, os artistas fragmentaram tanto as formas que raramente era possível reconhecer as figuras nas pinturas.

Mais tarde, porém, eles voltariam a representá-las de maneira mais reconhecível, por meio de colagens, com materiais como papéis, jornais e areia.

Filippo Marinetti
Encontro tumultuado, 1919

Este é um dos poemas do livro Les mots en liberté futuristes, *(Palavras em liberdade futuristas). Marinetti conclamou os poetas a se libertarem da servidão da gramática para inventarem novas maneiras de expressão.*

FUTURISMO

Na Itália, um grupo de artistas se organizou ao redor do escritor e poeta Filippo Marinetti (1876-1944). Ele havia publicado o polêmico "Manifesto futurista" em 1909, na primeira página do jornal francês *Le Figaro*. Os futuristas rejeitavam o passado e idolatravam os sinais do futuro: a máquina, a eletricidade, a velocidade e a guerra, que destruiria as velhas instituições. Esses artistas faziam pinturas e esculturas que buscavam retratar o movimento das máquinas e o vaivém agitado da vida urbana.

As propostas radicais dos futuristas abrangiam todas as formas de expressão. A música futurista era inspirada nos sons produzidos pelas máquinas. Os arquitetos futuristas desenhavam cidades utópicas onde megaestruturas sustentavam arranha-céus e usinas hidrelétricas.

O Futurismo teve grande influência nos movimentos chamados de vanguarda que aconteceram pouco depois nos outros países europeus.

> *"Nós declaramos que o esplendor do mundo se enriqueceu de uma nova beleza: a beleza da velocidade."*
>
> **Filippo Marinetti, "Manifesto futurista"**

NEOPLASTICISMO

Na Holanda, em 1912, Piet Mondrian (1872-1944), influenciado pelas ideias cubistas depois de uma temporada em Paris, passou a trabalhar com a simplificação das formas em suas pinturas, reduzindo-as ao essencial. Em 1917, junto com Theo van Doesburg, fundou a revista *De Stijl* (O Estilo). As ideias estéticas defendidas por eles se espalharam pela Europa com a publicação do ensaio "O Neoplasticismo", escrito por Mondrian. O Neoplasticismo tinha como propósito encontrar uma forma de expressão plástica livre das representações figurativas e composta a partir de elementos básicos como a linha reta, o retângulo e as cores primárias (azul, vermelho e amarelo) associadas a preto, branco e cinza.

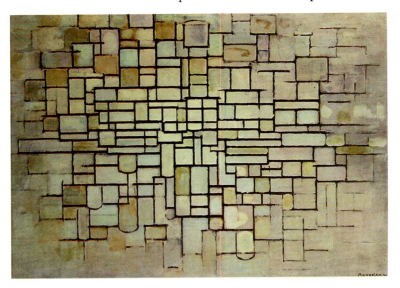

Piet Mondrian
Composição em azul, cinzento e rosa, 1913, Kröller-Müller Museum, Otterlo, Holanda

Já no início dos anos 1910, Mondrian tinha reduzido seus interesses na pintura a construções ortogonais e ritmos de cores.

BAUHAUS

Em 1919, com o final da Primeira Guerra Mundial, o arquiteto Walter Groupius (1883-1969) e alguns artistas alemães, acreditando que a arte e o *design* poderiam ajudar a tornar o mundo um lugar melhor, fundaram a Bauhaus. Com sede em Weimar, a Bauhaus era uma escola que propunha o ensino da arte e da arquitetura voltado para o desenvolvimento da indústria. Alguns dos grandes mestres do Modernismo, como Paul Klee (1879-1940) e Vassili Kandinsky (1866-1944), foram professores da escola. Eles acreditavam que, utilizando as técnicas de produção em massa e materiais industriais como o aço e o vidro, seria possível produzir objetos funcionais, sem ornamentos e mais baratos, que estariam ao alcance de todas as pessoas.

Em 1925 a escola foi transferida para a cidade alemã de Dessau, onde uma nova sede foi projetada segundo a estética modernista: formas simples e utilização de cimento armado e vidro. São também desse período projetos de mobiliário, tapeçaria e luminárias que foram produzidos em larga escala, como as cadeiras e mesas de aço tubular criadas por Marcel Breuer.

Em 1932 a escola mudou-se para Berlim e, um ano depois, foi oficialmente fechada por determinação dos nazistas. A emigração dos professores para outros países difundiu as ideias da Bauhaus pelo mundo todo, transformando-a na escola de arte mais influente do século XX.

Cadeira Vassili projetada por Marcel Breuer em 1925

Esta é uma das inovadoras cadeiras tubulares projetadas por Marcel Breuer para a nova sede da escola em Dessau.

DADAÍSMO

O movimento dadaísta surgiu em 1916, em plena Primeira Guerra Mundial (veja abaixo), no Cabaré Voltaire, em Zurique, na Suíça. O local tornou-se um centro onde poetas e artistas jovens eram convidados a declamar poemas, mostrar pinturas, cantar, dançar e fazer música. Um manifesto dadaísta foi escrito em 1918. Os dadaístas faziam encenações provocativas, absurdas e subversivas, e com isso pretendiam modificar radicalmente a abordagem da produção artística. Usavam uma ironia corrosiva contra todo tipo de regras sociais e queriam acabar com a arte do passado, proclamando a "antiarte" e a criação baseada no acaso e no inconsciente. Após o final da guerra, grupos dadaístas surgiram também em outras cidades, como Nova York, Berlim e Paris.

No espírito desse movimento, o artista francês Marcel Duchamp (1887-1968) mandou para o Salão dos Independentes de Nova York, em 1917, este mictório invertido, a que deu o nome de *Fonte*. O trabalho, assinado com um pseudônimo, foi desclassificado, mas seu gesto entrou para a história. A obra foi definida pelo próprio Duchamp como um *ready-made*, que significa "pronto para usar". Depois disso Duchamp e muitos outros artistas usaram objetos prontos, industrializados, para criar arte.

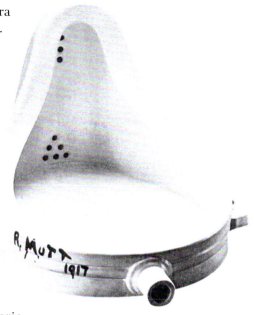

Marcel Duchamp
Fonte, 1917

Com este ready-made, *de 1917, Duchamp propôs que um objeto comum fosse transformado em arte.*

CONTEXTO HISTÓRICO
A PRIMEIRA GUERRA MUNDIAL

O acelerado ritmo de mudanças do final do século XIX teve consequências importantes também na política internacional.

A Alemanha surgia como grande potência industrial e disputava com a Inglaterra e a França riquezas, matérias-primas, mercados e territórios, além de travarem uma corrida armamentista.

Em junho de 1914, um terrorista assassinou o arquiduque Francisco Ferdinando, herdeiro do Império Austro-Húngaro, que estava em visita à cidade sérvia de Sarajevo.

O Império Austro-Húngaro reunia diversas nacionalidades que estavam em permanente conflito e eram ameaçadas pelo expansionismo russo.

Após o assassinato, a Alemanha encorajou a Áustria a declarar guerra à Sérvia, que recebeu o apoio imediato da Rússia. Em poucos dias dois blocos estavam formados: Alemanha e Império Austro-Húngaro contra França, Inglaterra e Rússia. Logo outras nações se alinharam e em menos de um mês quase toda a Europa estava em guerra.

Os dois blocos eram muito equilibrados. Mesmo com a saída da Rússia após a Revolução Comunista, em 1917, a guerra só terminou em novembro de 1918, deixando 9 milhões de mortos e 40 milhões de inválidos. Nunca um conflito havia causado tal destruição. Além das alterações territoriais e da enorme indenização imposta à Alemanha, a guerra provocou transformações no modo de vida da maior parte da humanidade.

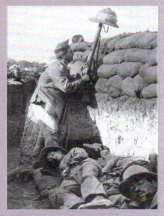

Soldados entrincheirados na Primeira Guerra.

ARTE BRASILEIRA NO INÍCIO DO SÉCULO XX

Os movimentos ditos "de vanguarda" que ocorreram na Europa demoraram anos para repercutir aqui no Brasil. Numa época em que uma viagem à Europa levava semanas, o ritmo das transformações era mais lento. No início do século XX, os artistas brasileiros mais informados, que haviam vivido no exterior, ainda eram influenciados pelo Impressionismo.

COMEÇAM AS TRANSFORMAÇÕES

Em 1902, tomava posse no Brasil o quinto presidente da República, Rodrigues Alves, com o desafio de consolidar o regime e modernizar o país. Em seu governo, o Rio de Janeiro, centro administrativo, político e cultural do Brasil, foi reurbanizado, transformando-se em uma metrópole moderna.

Em São Paulo, os produtores de café passaram a aplicar na indústria o capital acumulado com o sucesso das exportações. A cidade começava a despontar como um centro fabril, para onde se dirigiam imigrantes do mundo todo.

Com a industrialização e a expansão dos centros urbanos, os valores políticos, sociais e culturais começavam a mudar.

INFLUÊNCIAS IMPRESSIONISTAS

A Academia Imperial de Belas-Artes do Rio de Janeiro – depois Escola Nacional –, único estabelecimento de ensino de artes no país no século XIX, oferecia anualmente um prêmio de viagem à Europa para os melhores alunos. Desse modo, vários foram os que aperfeiçoaram seus estudos na então capital mundial das artes, Paris. Lá eles viam a produção dos artistas franceses apresentada nos salões, além de entrar em contato com a pintura não acadêmica impressionista.

Eliseu Visconti
Autorretrato em três posições, 1938, Museu Nacional de Belas-Artes (MNBA), Rio de Janeiro

Neste quadro podemos ver a preocupação de Eliseu Visconti com a cor e a luz. Usando pinceladas e variações de tom bem marcadas, ele se representa com três expressões diferentes.

ELISEU VISCONTI

Foi o caso de Eliseu Visconti (1866-1944), que estudou na Academia Imperial de Belas-Artes e recebeu o prêmio de viagem em 1892. Ele passou oito anos na Europa. Em 1895, abandonou a conservadora Academia de Artes de Paris e inscreveu-se na École Guérin, um dos mais importantes centros de ensino de artes decorativas da época. Em duas ocasiões teve pinturas aceitas no salão parisiense e participou da Exposição Internacional de Paris, em 1900, onde foi premiado com as obras *Gioventú* e *As Oréadas*. No mesmo ano da volta ao Brasil, adotou a forma de pintar e os temas dos impressionistas: paisagens, cenas do cotidiano e retratos. Privilegiava a pintura ao ar livre, usando rápidas pinceladas para apreender a luz e a atmosfera do momento.

Ao voltar da Europa, Visconti passou a difundir no Brasil os princípios do Art Nouveau, estilo surgido no final do século XIX, na França, que propunha o uso da arte na fabricação de produtos – como portas, janelas, vasos. Esses objetos industrializados eram bastante ornamentados com formas orgânicas como as de folhas e flores. Visconti foi responsável por promover no Brasil a primeira Exposição de Artes Decorativas, mostrando projetos de objetos de ferro, luminárias, cerâmica, vitrais, estamparia, capas de livros, revistas e cartazes. Produziu também desenhos para selos do correio brasileiro e a pintura de painéis decorativos em diversos prédios públicos, incluindo a decoração do Theatro Municipal do Rio de Janeiro. Com essa trajetória, Visconti é considerado um precursor do *design* no Brasil.

> *"Sou presentista. A arte não pode parar. Modifica-se permanentemente. Agrada agora o que antes era detestado. Isso é evolução, e não é possível fugir aos seus efeitos. O homem não para. Vai sempre adiante."*
>
> Eliseu Visconti

CONTEXTO HISTÓRICO

Reurbanização no Rio de Janeiro durante os anos 1910.

A REURBANIZAÇÃO DO RIO DE JANEIRO

O presidente da República, Rodrigues Alves, tinha a remodelação e o saneamento da cidade do Rio de Janeiro como pontos básicos de seu plano de governo. Mas foi o prefeito Pereira Passos, que havia estudado engenharia em Paris e presenciado a transformação da cidade com a abertura das monumentais avenidas – os bulevares –, o grande responsável por levar adiante o projeto de reurbanização da capital.

As obras incluíam a modernização do porto, a criação de amplas, retas e arejadas avenidas no centro da cidade, saneamento, abastecimento de água e iluminação das vias públicas. Para a construção da atual Avenida Rio Branco, a principal via de acesso ao porto, foi necessário desapropriar e demolir centenas de prédios e desmanchar morros. Em pouco mais de um ano foi inaugurado o trecho principal da avenida, com uma linha de bonde. No entanto, o custo social e político das mudanças foi elevado – milhares de pessoas foram desabrigadas de uma só vez e obrigadas a se deslocar para os subúrbios ou improvisar moradias nos morros próximos ao centro.

Todas as novas edificações que ladeavam a avenida tiveram suas fachadas aprovadas em concurso. Também foram construídos o Theatro Municipal, o prédio da Biblioteca Nacional e o da Escola Nacional de Belas-Artes. Em 1905, a avenida estava pronta, com rede de esgoto, energia elétrica e telefone.

BELMIRO DE ALMEIDA

Belmiro de Almeida (1858-1935) nasceu em Minas Gerais e estudou na Academia de Belas-Artes do Rio de Janeiro. Viajou em 1884, com recursos próprios, para Paris, onde tomou contato com a pintura dos impressionistas. Como artista, experimentou diversas técnicas e estilos. No final do século XIX, suas obras ainda apresentavam todas as características do academicismo, mas na pintura *Mulher em círculos*, de 1921, já mostra uma grande influência do Futurismo italiano.

Artista de espírito polêmico e inconformista, foi um grande desenhista e, paralelamente à carreira de pintor, teve uma importante atividade como caricaturista. Trabalhou em diversos jornais e revistas da época: *O Malho*, *Diabo a Quatro* e *A Cigarra*, entre outros. Com muita ironia, usou a caricatura para expressar seu interesse por assuntos sociais.

Belmiro de Almeida
Mulher em círculos, 1921, Coleção José Paulo Moreira da Fonseca

A ideia de sobrepor uma malha de círculos construídos geometricamente a um retrato feminino mostra que Belmiro de Almeida conhecia as propostas dos futuristas.

GEORGINA DE ALBUQUERQUE

A pintora Georgina de Albuquerque (1885-1962) estudou na Escola Nacional de Belas-Artes do Rio de Janeiro, onde conheceu o também artista Lucílio de Albuquerque, com quem se casou, em 1905. No ano seguinte, Lucílio recebeu o prêmio de viagem à Europa, e seguiu com a esposa para Paris, onde permaneceram por cinco anos. Lá, Georgina frequentou a Escola de Belas-Artes de Paris e a Academia Julian. De volta ao Brasil, participou de vários salões nacionais e recebeu diversos prêmios. Em 1921 tornou-se a primeira professora da Escola Nacional de Belas-Artes e na década de 1950 foi a primeira mulher a dirigir a instituição. Sua pintura era bem recebida pelo restrito mercado de arte brasileiro. Georgina vendeu muitas telas nas exposições que fez nas décadas de 1910 e de 1920. Era uma artista conhecida e respeitada, mas, embora tenha adotado valores impressionistas em sua pintura, nunca abandonou a inspiração acadêmica.

Georgina de Albuquerque
Dia de verão, 1904,
**Museu Nacional de Belas-Artes (MNBA),
Rio de Janeiro**

Nesta tela, cujo tema é a própria luz do sol, podemos ver a influência da pintura impressionista na obra de Georgina de Albuquerque.

"Em Paris frequentei museus e procurei pintar, pintar muito, a todas as horas, a todos os instantes do dia. Nem mesmo quando os meus dois filhos, Dante e Flamingo, eram pequenos deixei um só dia de trabalhar. É o que faço sempre, constantemente, a todos os momentos."

Georgina de Albuquerque

Victor Dubugras
Estação de Mairinque, 1906

A Estação Ferroviária de Mairinque, tombada no final de 2002 pelo Iphan (Instituto do Patrimônio Histórico e Artístico Nacional), foi a primeira estrutura de cimento e ferro e com formas modernas construída no Brasil.

DUBUGRAS E A NOVA ARQUITETURA

Victor Dubugras (1868-1933) nasceu na França, formou-se na Argentina e mudou-se para São Paulo em 1891. Foi professor na Escola Politécnica de São Paulo desde sua fundação até 1927. O arquiteto foi pioneiro ao introduzir em São Paulo, no início do século XX, uma arquitetura racionalista, suprimindo os excessos ornamentais e utilizando concreto armado, numa época em que as construções ainda eram feitas com pedras e tijolos. Por ocasião do Centenário da Independência do Brasil, realizou o projeto de reurbanização da Ladeira da Memória. Foi também autor dos monumentos da Serra do Mar, na antiga estrada de Santos, e, além de diversas residências em São Paulo, projetou uma série de edificações no Rio de Janeiro, onde viveu e atuou no período final de sua vida.

CONTEXTO HISTÓRICO
INDUSTRIALIZAÇÃO E IMIGRAÇÃO

O movimento migratório da Europa para o Brasil foi idealizado em meados do século XIX para substituir a mão de obra escrava. A existência de áreas desocupadas no sul do país e o crescimento da lavoura de café estimularam a imigração estrangeira, no final daquele século. Mas foi durante as duas primeiras décadas do século XX, devido à política de incentivo que financiava a vinda de estrangeiros, que quase 2 milhões de imigrantes entraram no Brasil. Muitos deles fugiam da crise econômica que dominava a Europa após a Primeira Guerra e vieram para cá em busca de um futuro melhor. Além de responsáveis pelo aumento da produção cafeeira, trabalhando como empregados nas grandes fazendas ou como pequenos proprietários, eles estiveram presentes na industrialização do país, contribuindo para a urbanização do Brasil. Estima-se que, em 1920, mais de 60% dos estabelecimentos industriais de São Paulo estavam nas mãos de empresários imigrantes.

A imigração teve enorme importância na história econômica, política e cultural brasileira. Para cá vieram principalmente italianos, portugueses, espanhóis, alemães, austríacos, russos e japoneses. Também foram os trabalhadores imigrantes que trouxeram as novas ideias políticas – anarquistas e socialistas – para o Brasil, participando do movimento operário que sacudiu a política brasileira nos anos 1920.

O navio italiano San Gottardo chega em Santos trazendo migrantes, no final do século XIX.

NOVOS ARES

As novidades artísticas do Modernismo surgiram no Brasil por meio do trabalho de dois artistas fortemente influenciados pelo Expressionismo: Anita Malfatti e Lasar Segall.

O Expressionismo apareceu na Alemanha com o grupo Die Brücke ("A Ponte"), em 1905. Os jovens artistas do grupo se opunham à ideia do Impressionismo de tomar a realidade e a natureza como ponto de partida para suas pinturas. Para os expressionistas, arte é ação, por meio da qual a imagem é criada. Seus temas, muitas vezes, eram críticas sociais e políticas. Usavam cores complementares puras e formas distorcidas. Interessavam-se por processos gráficos, especialmente a xilogravura, e pela arte primitiva.

O crescimento da atividade econômica acarretou uma certa atmosfera renovadora em São Paulo. Na década de 1910 algumas exposições de artistas estrangeiros aconteceram na cidade, entre elas a do jovem russo Lasar Segall.

LASAR SEGALL

Em 1913, Lasar Segall (1891-1957), filho de um erudito da cultura judaica, veio visitar os irmãos que viviam no Brasil e aproveitou para fazer uma exposição em São Paulo e outra em Campinas. Pintor, escultor e gravador, Segall havia estudado em escolas de arte em Dresden e Berlim, na Alemanha. Seu trabalho, que já trazia a influência dos expressionistas alemães, não causou nenhuma reação maior na opinião conservadora dos brasileiros, por se tratar da obra de um estrangeiro.

Lasar Segall
Aldeia russa, 1912, Museu Lasar Segall, São Paulo

Esta pintura foi feita por Segall na época de sua primeira exposição no Brasil, em 1913.

Com o início da Primeira Guerra Mundial, Segall, cidadão russo, foi expulso da Academia de Belas-Artes de Dresden. Depois da guerra, ele participou de diversas exposições na Europa, mostrando obras repletas de cenas do mundo devastado, que refletiam a preocupação com as injustiças sociais e o sofrimento humano. Em 1923, um ano após a Semana de Arte Moderna, decidiu mudar-se para o Brasil. Instalando-se em São Paulo, encontrou o movimento modernista em plena efervescência. Tornou-se cidadão brasileiro e participou ativamente da vida artística da cidade, adotando em sua pintura, a partir de então, temas ligados à nossa cultura.

> *"Fazemos excursões frequentes de automóvel, a natureza é maravilhosa; amo os negros, o seu jeito de caminhar e sua ingenuidade. A terra vermelha me fascina cada vez mais. Por outro lado, surgem aqui cidades como talvez em nenhum outro lugar do mundo. A observação do que me é estranho é minha principal diversão e o que há de mais belo e estimulante. Os tangos e maxixes soam inteiramente diferentes dos da Europa, às vezes me parece que tudo aqui se move nesse ritmo."*
>
> Lasar Segall em carta para Otto Dix, em 1927

ANITA MALFATTI

Anita Malfatti (1889-1964) estudou pintura na Alemanha. De volta ao Brasil, fez sua primeira exposição individual em 1914. Já nessa exposição estavam os trabalhos feitos em Berlim sob a orientação de mestres expressionistas. Partiu para Nova York, onde continuou seus estudos por mais dois anos, convivendo com ideias inovadoras, num ambiente jovem e efervescente. Voltou ao Brasil e organizou uma nova exposição no final de 1917, em que apresentou mais de 50 pinturas, entre elas *O homem amarelo*, *A boba* e *A estudante russa*. Nessas obras, a artista usava cores fortes e expressões exageradas.

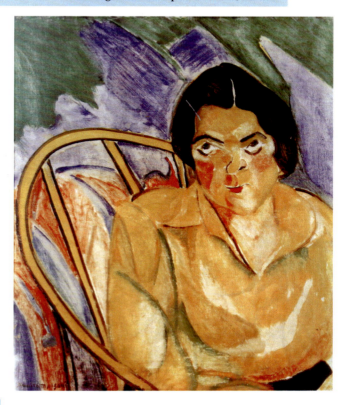

Anita Malfatti
A boba, 1916, Museu de Arte Contemporânea da Universidade de São Paulo (MAC-USP), São Paulo

Neste quadro, Anita segue a estética expressionista, usando cores fortes e linhas pretas que ressaltam a expressão ausente da modelo.

PARANOIA OU MISTIFICAÇÃO

A exposição de Anita chocou o público e causou grande polêmica na vida cultural da cidade. O público estava acostumado com as pinturas acadêmicas que representavam a realidade tal como é.

O escritor Monteiro Lobato – autor de *O Sítio do Picapau Amarelo* – detestou o trabalho de Anita e escreveu uma crítica no jornal *O Estado de S. Paulo* com o título "Paranoia ou mistificação". Nela, o escritor reconhecia o talento de Anita, mas dizia que sua pintura era uma caricatura e que ela estava seduzida pela arte moderna, que não passava de uma forma de arte anormal e equivocada. O artigo gerou um clima de escândalo e acabou unindo os escritores Oswald de Andrade e Mário de Andrade em defesa da artista. Os dois amigos visitaram juntos a exposição e Oswald publicou uma resposta a Monteiro Lobato defendendo o trabalho de Anita.

Em 1919 o escultor Victor Brecheret chegou a São Paulo, de volta de seus estudos na Itália, e logo se juntou a Anita Malfatti e Di Cavalcanti, formando o grupo responsável pela eclosão da Semana de Arte Moderna.

> *"A exposição de Anita Malfatti foi a revelação de algo mais novo que o Impressionismo. Anita vinha de fora, seu Modernismo tinha o selo da convivência com Paris, Roma e Berlim."*
>
> Di Cavalcanti

A SEMANA DE 22

Alguns intelectuais, como Oswald de Andrade e Menotti del Picchia, já tinham a intenção de aproveitar as comemorações do Centenário da Independência do Brasil, em 1922, para realizar um evento que apresentasse aos brasileiros as novas propostas estéticas da arte moderna.

Mas foi no encontro de escritores, artistas e intelectuais cariocas e paulistas, na exposição de desenhos de Di Cavalcanti em São Paulo, no final de 1921, que ficou clara a necessidade de um movimento de renovação do cenário cultural brasileiro.

O primeiro passo foi dado pelo próprio Di Cavalcanti, que procurou o mecenas Paulo Prado. Nessa conversa, surgiu a ideia de um festival com duração de uma semana, com manifestações artísticas diversas.

Paulo Prado, homem influente e de prestígio na sociedade paulistana, conseguiu patrocinadores de peso, que, mediante doações, tornaram possível o aluguel do Teatro Municipal de São Paulo para a realização do evento.

Outra presença decisiva para o sucesso da semana foi a do escritor Graça Aranha, romancista respeitado, autor do romance *Canaã*. Ele fez a abertura do evento, endossando as ideias dos jovens e desconhecidos modernistas.

O grupo dos Modernistas

No chão, Oswald de Andrade; a partir da esquerda, sentados: Rubens de Morais, Luis Aranha e Tácito de Almeida; e de pé: Couto de Barros, Manuel Bandeira, Mário de Andrade, Sampaio Vidal, Cândido Mota Filho (na frente), Francesco Pettinati, Paulo Prado, Flamínio Ferreira, Graça Aranha, René Thiolier, Manuel Vilaboim e Gofredo da Silva Teles.

O EVENTO

Entre os dias 11 e 18 de fevereiro de 1922, um grupo de jovens artistas, poetas, intelectuais e jornalistas fez muito barulho nos jornais e nos salões do Teatro Municipal. Além de uma exposição no saguão do teatro, com cerca de cem obras, aconteceram três noitadas literárias e musicais. Os modernistas chocaram o público do teatro, formado pela burguesia conservadora paulista, e foram vaiados na segunda noite de apresentações.

Entre os artistas plásticos, participaram do evento Anita Malfatti, Di Cavalcanti, Vicente do Rego Monteiro e Victor Brecheret. No grupo de escritores e poetas estavam Graça Aranha, Guilherme de Almeida, Mário de Andrade, Menotti del Picchia, Oswald de Andrade, Ronald de Carvalho e Manuel Bandeira. A programação musical contou com a participação de Villa-Lobos e Guiomar Novaes, entre outros.

CLAMOR PELA LIBERDADE

As obras dos diversos artistas não tinham características semelhantes, nem havia propostas claras do que deveria ser a arte dali para a frente. Em comum, apenas a rejeição ao espírito conservador que tomava conta da produção literária, musical e visual. Todos clamavam em seus discursos por liberdade de expressão e pelo fim das regras acadêmicas na arte.

A importância da Semana de 22 não está tanto na força das obras apresentadas, mas nos debates públicos, que provocaram reações negativas ou de apoio, e na riqueza de seus desdobramentos, na obra de alguns de seus participantes.

> *Clame a saparia*
> *Em críticas céticas:*
> *"Não há mais poesia,*
> *Mas há artes poéticas..."*
>
> *Urra o sapo-boi:*
> *– "Meu pai foi rei" – "Foi!"*
> *– "Não foi!" – "Foi!" – "Não foi!"*

Trecho do poema "Os sapos", escrito por Manuel Bandeira em 1918 e lido por Ronald de Carvalho na segunda sessão literária da Semana, momento apoteótico da apresentação, quando a plateia alucinada começou a gritar e a coaxar.

OBRA COLETIVA

Nos anos que antecederam a semana de arte moderna, Oswald de Andrade, Guilherme de Almeida, Menotti del Picchia, entre outros, fizeram um diário coletivo intitulado *O perfeito cozinheiro das almas deste mundo*. Os jovens escritores quebraram a fronteira entre a vida e a arte ao misturar cenas do cotidiano, narrativas e diálogos com texto cifrado, desenhos e colagens. O diário é considerado o primeiro documento do movimento modernista.

Oswald de Andrade
Página do diário coletivo
O perfeito cozinheiro das almas deste mundo.

DI CAVALCANTI

O jovem carioca Emiliano Di Cavalcanti (1897-1976), articulador e idealizador da Semana de Arte Moderna, iniciou sua carreira artística como ilustrador e caricaturista, trabalhando para as revistas da época. Pintava, escrevia poemas e tinha o espírito inquieto que o aproximou da política, depois de 1924.

Além de participar da exposição com 12 trabalhos, foi responsável pela criação do catálogo e do programa da Semana de Arte Moderna. No ano seguinte, Di Cavalcanti embarcou para Paris, onde permaneceu por dois anos. Essa foi a primeira de muitas outras viagens à França e aos Estados Unidos. Em seu trabalho conseguiu conciliar as novidades artísticas assimiladas na Europa com um repertório bem pessoal. A arte para ele era uma forma de participação social. Dedicou-se aos temas inspirados na cultura brasileira, como a representação das mulatas e do Carnaval.

Capa do catálogo da Exposição da Semana de Arte Moderna, desenhada por Di Cavalcanti.

REGO MONTEIRO

Vicente do Rego Monteiro (1899-1970) nasceu em Recife e com apenas 12 anos mudou-se com sua família para Paris, onde teve sua formação artística e fez contatos com os cubistas (*ver pág. 7*). No início dos anos 1920, de volta ao Brasil, interessou-se pela cerâmica dos índios marajoaras, que viveram num período anterior ao descobrimento da América na ilha de Marajó, no Amazonas. Desde então, a cultura indígena passou a ser inspiração para grande parte de suas obras. De volta à França, em 1921, deixou algumas pinturas aqui com o poeta Ronald de Carvalho, que decidiu incluí-las entre as obras expostas na Semana de Arte Moderna.

Sempre alternando temporadas entre o Brasil e a França, Vicente trouxe para Recife e São Paulo, em 1930, uma exposição de artistas da Escola de Paris, com obras de Picasso, Miró e Léger, entre outros. Trabalhou como ilustrador, artista gráfico, editor, poeta e tradutor, e só a partir da década de 1950 voltou a dedicar-se novamente à pintura

Rego Monteiro
O atirador de arco, 1925, Coleção Museu de Arte Moderna Aluísio Magalhães (Mamam), Recife

Para criar esta imagem, Rego Monteiro combinou elementos da arte indígena com conceitos da pintura cubista.

VICTOR BRECHERET

Brecheret (1894-1955) iniciou sua formação artística em São Paulo, e em 1913 viajou para Roma a fim de finalizar seus estudos. Quando retornou a São Paulo, em 1919, já era um escultor com muito domínio técnico. Improvisou um ateliê no Palácio das Indústrias, no Parque Dom Pedro II, onde seus trabalhos foram logo admirados por Oswald de Andrade, Menotti Del Picchia e Mário de Andrade. Em 1921, recebeu uma bolsa para estudar em Paris, onde permaneceu até 1935. Apesar de ausente, Brecheret participou da Semana de Arte Moderna com 12 esculturas, a maioria feita durante os dois anos que passou aqui no Brasil. Essas obras expressavam o entusiasmo com as novidades, que, no caso dos escultores, se manifestava no uso de formas cada vez mais estilizadas. Nos anos em que viveu em Paris o artista, influenciado pela geometrização da escultura cubista (*ver pág. 7*), acentuou a linguagem sintética em seus trabalhos.

Em 1936, Brecheret voltou a São Paulo, onde recebeu diversas encomendas de esculturas públicas e retomou o projeto do *Monumento às bandeiras*, sua obra mais importante, feita para o Parque Ibirapuera, na cidade de São Paulo. A maquete do monumento, que representa os bandeirantes desbravando o interior do Brasil, foi feita em 1920, antes da Semana de Arte Moderna, mas a obra só foi concluída em 1953, por ocasião da inauguração do parque.

CONTEXTO HISTÓRICO

OUTROS JOVENS REVOLUCIONÁRIOS

O ano de 1922 também foi marcado no Brasil pelo início do Tenentismo, movimento político que nasceu entre os jovens oficiais das forças armadas. Eles se organizaram contra o poder da oligarquia do café, contra a corrupção e a favor de reformas democráticas, lutando, por exemplo, pelo voto secreto. Durante um período de 12 anos, os tenentistas realizaram ações políticas que entraram para a história, como o Levante dos 18 do Forte de Copacabana, a Revolução de 1924, em São Paulo, e a Coluna Prestes.

OS 18 DO FORTE

Oficiais revoltosos protestam na Avenida Atlântica, em Copacabana.

Em julho de 1922, o presidente da República, Epitácio Pessoa, nomeou um civil para o Ministério da Guerra. A decisão provocou protestos dos militares. Epitácio fechou o Clube Militar e prendeu seu presidente. Na madrugada de 5 de julho, jovens oficiais tomaram o Forte de Copacabana, no Rio de Janeiro. Os rebeldes, que não conseguiram estender o movimento a outras unidades, sofreram um contra-ataque e ficaram cercados. No dia seguinte, centenas deles entregaram-se, restando apenas pouco mais de uma dezena no forte, que foi fortemente bombardeado por navios e aviões. Acuados, os oficiais saíram caminhando pela praia de Copacabana, onde um civil se juntou a eles. O combate na Avenida Atlântica foi desigual e terminou com a morte de praticamente todos os revoltosos. Sobreviveram apenas os tenentes Siqueira Campos e Eduardo Gomes. Depois disso foi decretado o estado de sítio no país, mantido durante quase todo o governo de Epitácio Pessoa e de seu sucessor Artur Bernardes.

ANTROPOFAGIA

Na década de 1920, crescia em todo o país o descontentamento com a política republicana, que mantinha os mesmos grupos ligados aos produtores de café no governo desde 1894. Caracterizada por eleições fraudulentas e falta de apoio popular, a chamada República Velha foi desestabilizada pelo movimento tenentista, uma das forças que levou Getúlio Vargas ao poder em 1930.

Com a imigração e a industrialização, a população de São Paulo crescia rapidamente. Novas ruas eram abertas e bairros inteiros eram urbanizados. Em 1924, é iniciada a construção do Edifício Martinelli, o primeiro arranha-céu da cidade. O prédio de 30 andares, construído por um imigrante italiano que fez fortuna no Brasil, foi por muitos anos o mais alto da América Latina.

Poucos meses depois da Semana de Arte Moderna, chegava a São Paulo Tarsila do Amaral (1886-1973). A artista, que estava na França desde 1920, era muito amiga de Anita Malfatti e assim que chegou se uniu ao grupo dos modernistas, que na época se empenhavam em editar a revista *Klaxon*: Anita, Menotti del Picchia, Mário de Andrade e o escritor Oswald de Andrade, com quem Tarsila viria a se casar.

TARSIWALD

Mário de Andrade chamava assim o casal Tarsila e Oswald, que se tornou o centro do movimento modernista nos anos que se seguiram.

Eles viajaram juntos para Paris e lá tiveram contato com diversos intelectuais e artistas franceses, entre eles o escultor Constantin Brancusi e o pintor Fernand Léger, com quem Tarsila aprendeu os princípios da pintura cubista (*ver pág. 7*) – a síntese dos elementos e a composição bem estruturada do quadro.

Em 1924, o escritor franco-suíço Blaise Cendrars visitou o Brasil, a convite de Paulo Prado. Mário de Andrade, Tarsila e Oswald fizeram parte do grupo que acompanhou o escritor ao Rio de Janeiro, no Carnaval, e às cidades históricas de Minas Gerais, durante a Semana Santa.

A arquitetura colonial, a obra do escultor barroco Aleijadinho, a gente do interior, o colorido das cidades e das festas, tudo nesse universo tocou o poeta estrangeiro. Mas a viagem também fez aflorar no casal Tarsiwald o interesse pela cultura popular brasileira.

Edifício Martinelli

Com mais de cem metros de altura, ele foi por dez anos o prédio mais alto da capital paulista.

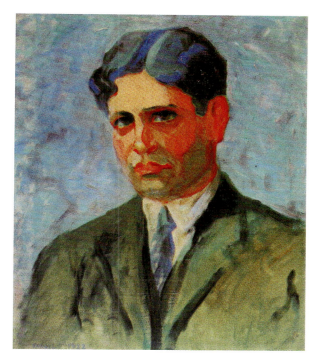

Tarsila do Amaral
Oswald de Andrade, 1923, Coleção de Oswald de Andrade Filho

Tarsila pintou este quadro no início de seu relacionamento com Oswald. Mais que um casamento, os dois desenvolveram uma das mais importantes parcerias intelectuais da época.

PAU-BRASIL

Logo que chegou de Minas Gerais, Oswald escreveu o "Manifesto Pau-Brasil", falando da importância de nossas raízes culturais e de uma antiga reivindicação de Mário de Andrade: a necessidade de unificar a língua falada pelo povo brasileiro e a língua escrita, que até então era ainda muito ligada às formas portuguesas.

Nas pinturas dessa fase, que foi chamada Pau-Brasil, Tarsila realizou a fusão entre as lições do Cubismo e a atmosfera brasileira. Representou personagens e paisagens tropicais, inspirados nas lembranças de sua infância na fazenda, em Capivari, tingidos pelas "cores caipiras". São dessa época as pinturas *O mamoeiro*, *O vendedor de frutas*, *Manacá* e *Morro da Favela*, que Tarsila mostrou em 1926, na sua primeira exposição individual, na galeria Percier, em Paris.

> *"Encontrei em Minas as cores que adorava em criança. Ensinaram-me depois que eram feias e caipiras. Segui o ramerrão do gosto apurado... Mas depois vinguei-me da opressão, passando-as para minhas telas: azul puríssimo, rosa violáceo, amarelo vivo, verde cantante..."*
>
> Tarsila do Amaral

CONTEXTO HISTÓRICO

LEVANTES DE 1924

Exatamente dois anos após o episódio do Forte de Copacabana, no dia 5 de julho de 1924, estourou uma rebelião militar em São Paulo. Os revoltosos ocuparam pontos estratégicos da cidade, reivindicando um novo governo para o país e a convocação de uma Assembleia Constituinte. Em resposta, as tropas governistas promoveram um forte bombardeio sobre a capital paulista, e os rebeldes rumaram para o interior. Em apoio ao levante, eclodiram rebeliões militares em outros pontos do país. Tropas do Rio Grande do Sul, comandadas pelo capitão Luís Carlos Prestes, juntaram-se aos paulistas em abril de 1925 no Paraná, onde deram início à marcha da chamada Coluna Prestes.

Depois de percorrer os estados de Mato Grosso, Goiás, Minas Gerais, Maranhão, Piauí, Ceará, Rio Grande do Norte, Paraíba, Pernambuco e Bahia, a coluna dirigiu-se a Minas Gerais. Devido à grande reação ali encontrada, retornou ao Nordeste e depois rumou para Mato Grosso. Em março de 1927, após uma penosa travessia do Pantanal, os revolucionários decidiram exilar-se no Paraguai e na Bolívia. Durante sua marcha de quase dois anos, eles percorreram cerca de 25 mil quilômetros.

Tarsila do Amaral
Abaporu, 1928, Acervo Malba, Buenos Aires

Símbolo do movimento antropófago, o Abaporu se transformou na obra de arte brasileira mais cara da história. Em 1995 a tela foi vendida a um colecionador argentino por 1,3 milhão de dólares.

ANTROPOFAGIA

Em janeiro de 1928, Tarsila ofereceu a Oswald de Andrade, como presente de aniversário, uma de suas recentes pinturas. Ao contemplar aquela estranha figura selvagem, de pés enormes, cabeça pequena, cercada por um céu azul, num ambiente seco e quente, Oswald a chamou de *Abaporu*, que em tupi-guarani significa antropófago, homem que come carne humana. Essa pintura inspirou Oswald de Andrade a escrever outro manifesto, que se tornou a base teórica de um movimento artístico, o "Manifesto antropófago".

> *"Só a antropofagia nos une.*
> *Socialmente.*
> *Economicamente.*
> *Filosoficamente."*
>
> Oswald de Andrade em "Manifesto antropófago"

Com frases de impacto como essa, o texto apresentava o conceito de antropofagia como uma metáfora do processo de formação da cultura brasileira.

Se, para o europeu civilizado, o homem americano era selvagem porque praticava o canibalismo, na proposta inovadora de Oswald nossa índole canibal nos levava a deglutir as ideias e os modelos culturais importados. Porém, a partir desse banquete, éramos capazes de produzir algo genuinamente brasileiro.

Além do *Abaporu*, Tarsila do Amaral pintou, nessa fase da Antropofagia, *Urutu*, *A lua*, *O ovo*, *Sol poente* e *Antropofagia*, entre outras obras. Usando formas arredondadas e cores fortes, a artista criou um universo alegre e selvagem, que lembra o mundo mágico das lendas indígenas e africanas, profundamente enraizado na cultura popular brasileira.

O "Manifesto antropófago" foi publicado no primeiro número da Revista de Antropofagia, em maio de 1928.

A "primeira dentição" da revista saiu até o número 10, em fevereiro de 1929. A "segunda dentição", publicada nas páginas do jornal Diário de S. Paulo, teve 15 números, de março a agosto de 1929.

Em julho de 1929, aconteceu a primeira exposição individual de Tarsila no Brasil, no salão do Palace Hotel, no Rio de Janeiro

Nesta foto, a comitiva de artistas paulistanos que viajou à capital para a inauguração da mostra: Pagu, Anita Malfatti, Tarsila do Amaral e Oswald de Andrade, entre outros.

O FIM DA FESTA

No final de 1928, Tarsila e Oswald conheceram a jovem Patrícia Galvão, Pagu (1910-1962). Ela passou a colaborar com desenhos e poemas na *Revista de Antropofagia* e acompanhava os modernistas em todas as ocasiões.

Em agosto de 1929, saiu o último número da revista, e o movimento antropofágico se dissolveu, com a separação de Oswald e Tarsila no final do ano.

O colapso da Bolsa de Valores de Nova York – quando todos os investidores quiseram vender suas ações ao mesmo tempo – causou falências, uma enorme crise financeira e a ruína de muitas pessoas no mundo todo, entre elas o próprio Oswald de Andrade. A crise deflagrou um período de grande depressão econômica, e com o agravamento da situação social encerrou-se o primeiro período do Modernismo brasileiro.

A relação entre a cultura nacional e a influência dos movimentos de vanguarda internacionais, que até então tinha sido a questão central para os modernistas brasileiros, perdeu sua importância na década de 1930.

Patrícia Galvão ("Vae ver si estou na esquina...")

Foi uma personagem fascinante no cenário cultural brasileiro. Ela foi artista, ativista política e autora de poemas, crônicas e romances. Esta é uma página do Álbum de Pagu, uma espécie de diário ilustrado que ela fez em 1929.

> "Ela era uma colegial que Tarsila e Oswald resolveram transformar em boneca. Vestiam-na, calçavam-na, penteavam-na, até que se torna uma santa flutuando sobre as nuvens."
>
> Flávio de Carvalho, falando sobre Pagu

CONTEXTO HISTÓRICO

Getúlio Vargas no Palácio do Catete em 31 de outubro de 1930.

REVOLUÇÃO DE 30

Nas eleições presidenciais de 1930, aqueles que estavam descontentes com o longo domínio do Partido Republicano Paulista, o PRP, nos governos do estado de São Paulo e da República, apoiaram a candidatura do líder gaúcho Getúlio Vargas. Diante da derrota de Vargas nas urnas, ocorreram conspirações político-militares contra a posse do presidente eleito, Júlio Prestes. O movimento eclodiu simultaneamente no Rio Grande do Sul e em Minas Gerais, e em menos de um mês a revolução já era vitoriosa em quase todo o país. Finalmente, um grupo de militares ligados ao movimento tenentista exigiu a renúncia do presidente Washington Luís, que abandonou o poder e se exilou.

OS ANOS 1930

Os anos 1930 começaram com a promessa de mudança no cenário político. Getúlio Vargas assumiu o governo provisório apoiado pelos militares. Mas a economia mundial estava abalada. A quebra da Bolsa de Nova York, que causou falências e desemprego no mundo todo, teve graves repercussões sobre o comércio do café e a economia brasileira.

A nova realidade econômica levou os artistas modernistas a questionarem o papel social da arte. Em 1931, Oswald de Andrade e Pagu fundaram um jornal de cunho político, *O Homem do Povo*, e ambos escreveram romances com temática social.

Tarsila casou-se com o escritor Osório César e fizeram no mesmo ano uma viagem à Rússia, publicando, em 1932, o livro *Onde o proletário dirige...*, ilustrado por Tarsila e escrito por Osório. A pintura *Os operários*, de 1931, marcou essa guinada da artista para a temática social.

Mas foi também na década de 1930 que o Modernismo cresceu no país, extrapolando o pequeno grupo ligado à Semana de 22. Surgiram novos nomes, novos grupos artísticos, com propostas diferentes no cenário nacional.

MODERNISTAS NA ACADEMIA

No Rio de Janeiro, o jovem arquiteto Lúcio Costa foi nomeado, pelo governo de Getúlio, diretor da Escola Nacional de Belas-Artes (Enba) em 1930. Ele contratou professores de tendência renovadora e, de forma inédita, decidiu aceitar todas as obras inscritas para a 38ª Exposição Geral de Belas-Artes, no ano seguinte. Pela primeira vez no Brasil, os modernistas tinham presença significativa em uma exposição oficial, e o evento ficou conhecido como o Salão Revolucionário. No entanto, pressionado pelos acadêmicos que dominavam a Enba, Lúcio Costa demitiu-se durante o polêmico salão e a escola retornou a sua estrutura tradicional.

De Chirico
O enigma de um dia, 1914, Museu de Arte Contemporânea da Universidade de São Paulo (MAC-USP)

Esta pintura do italiano De Chirico foi uma das obras de artistas estrangeiros apresentadas na I Exposição de Arte Moderna da Spam.

SPAM

Em São Paulo, os artistas modernistas se organizaram em 1932, com a intenção de aproximar a arte moderna do público em geral. Anita Malfatti, Tarsila do Amaral, Mário de Andrade, Victor Brecheret e Lasar Segall, entre outros, fundaram a Spam – Sociedade Pró-Arte Moderna. No período de dois anos, a Spam organizou exposições, conferências, recitais e bailes, entre eles o Carnaval na Cidade de Spam e a Expedição às Matas Virgens de Spamolândia. Dirigidas por Lasar Segall, essas festas carnavalescas tinham cenografia, figurinos e enredo executados por artistas e intelectuais. Na I Exposição de Arte Moderna da Spam, em 1933, foram exibidas pela primeira vez no Brasil obras de importantes artistas modernos europeus, como Brancusi, Le Corbusier, Léger e Picasso.

FLÁVIO DE CARVALHO

Formado em engenharia na Inglaterra, Flávio de Carvalho (1899-1973) voltou ao Brasil em 1922. Em 1926, trabalhou como ilustrador no *Diário da Noite*, onde conheceu Di Cavalcanti, que o apresentou a Oswald de Andrade e Tarsila do Amaral. Seus projetos de arquitetura incluem um conjunto de casas no bairro dos Jardins, na capital de São Paulo, e a sede da fazenda Capuava, no interior do estado, ambos precursores da arquitetura moderna no Brasil.

Flávio era um artista muito curioso. Interessado em antropologia e psicanálise, decidiu realizar em 1931 uma experiência: atravessou uma procissão de *Corpus Christi* em sentido contrário, com um boné na cabeça. O ato desrespeitoso enfureceu a multidão. Sua intenção era testar os limites de tolerância de um grupo religioso. Dessa experiência tirou material para escrever o ensaio *Experiência nº 2 – Psicologia das multidões*.

O CAM E OUTRAS EXPERIÊNCIAS

Em 1932, junto com Antônio Gomide, Flávio de Carvalho fundou o CAM – Clube dos Artistas Modernos. Instalado num edifício próximo ao Viaduto Santa Ifigênia, o clube, que contava com ateliês, um salão para eventos, biblioteca e bar, promoveu exposições, conferências, debates, sessões com modelo vivo, concertos e recitais, tornando-se um espaço de discussão menos elitista e mais irreverente que o Spam. No ano seguinte, Flávio criou o Teatro da Experiência e encenou *O bailado do deus morto*. Os atores, em sua maioria negros, representavam rituais usando máscaras de alumínio. Com texto, cenário, figurino e iluminação criados pelo artista, o espetáculo causou escândalo. Depois de três apresentações o teatro foi fechado pela polícia. Flávio também teve sua primeira exposição individual interditada, pois seus trabalhos foram considerados um atentado ao pudor e à moral.

Flávio de Carvalho
Capa feita em 1931 para o livro que publicou sobre a Experiência nº 2.

> "Um rumor de desagrado percorreu a multidão, 'mata... pega...', gritou alguém. [...] Estava prestes a largar o verbo quando alguém grita 'lincha!'; vejo uma parte da multidão que quer se precipitar sobre mim, mas é acidentalmente impedida pela confusão reinante."
>
> Flávio de Carvalho, *Experiência nº 2*

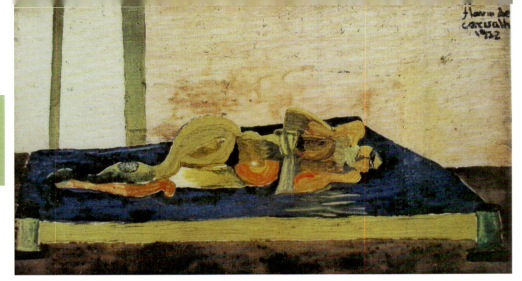

Flávio de Carvalho
Nu feminino deitado, 1932, Museu de Arte de São Paulo Assis Chateaubriand (Masp)

Neste quadro sobressaem características marcantes da pintura de Flávio de Carvalho: figura humana, cores fortes, pinceladas espessas e manchas imprecisas.

A obra de Flávio de Carvalho foi fortemente influenciada pelo Expressionismo e seu tema mais frequente era o retrato. Ele queria captar aspectos psicológicos de seus modelos e, para reforçar essas características, usava pinceladas grossas de tinta e cores muito fortes. O interesse pela representação dos sentimentos levou-o a fazer um conjunto de desenhos de sua mãe morrendo, a *Série trágica*.

Flávio de Carvalho é hoje considerado um precursor dos artistas multimídia. Suas experiências abriram caminho para novos procedimentos artísticos que só se desenvolveram no Brasil depois da década de 1960, com as *performances*.

No Rio de Janeiro, dois artistas brasileiros criados na Europa buscavam reconhecimento: Goeldi – que viveu na Suíça – e Guignard – que morou na Alemanha.

GOELDI

Oswaldo Goeldi (1895-1961) era filho de uma brasileira e do cientista suíço Emil Goeldi. Viveu em Belém do Pará até os 6 anos, quando se mudou com a família para a Suíça. Após a morte do pai, abandonou a Escola de Engenharia e se transferiu para a Escola de Arte. Lá entrou em contato com o Expressionismo e passou a tratar em seus desenhos de temas mórbidos, ambientados em cenários aterradores.

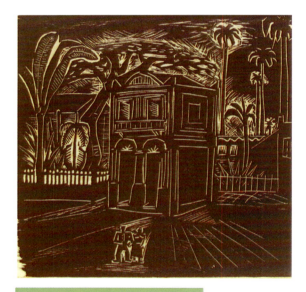

Goeldi
Tropischer Garten (Jardim Tropical), 1930, Museu Nacional de Belas-Artes (MNBA), Rio de Janeiro

Em suas gravuras de superfície predominantemente negra, Goeldi abre uns poucos veios na madeira, criando fios de luz que dão vida a seus personagens e às paisagens urbanas, na maioria das vezes noturnas.

De volta ao Rio de Janeiro em 1919, fez uma exposição de desenhos em 1921 que foi mal recebida pela imprensa mas agradou a um pequeno grupo de artistas e intelectuais, entre eles Ronald de Carvalho e Di Cavalcanti. Entretanto, Goeldi ficou abalado e tornou-se cada vez mais avesso ao ambiente cultural carioca. Aproximou-se da vida boêmia e passou a registrar cenas de um mundo marginal habitado por prostitutas, bêbados, operários, corvos e cachorros vira-latas. Especializou-se em xilogravura, uma técnica que tornou seu desenho mais simples e mais plástico.

Em 1930 Goeldi viajou para a Europa, onde realizou exposições em Berna e em Berlim. De volta ao Brasil, Goeldi continuou ilustrando jornais e revistas, mas só no final da década de 1930 começou a ter reconhecimento como ilustrador e gravador. A partir daí, colaborou regularmente para jornais e ilustrou grandes autores da literatura brasileira e estrangeira.

> "De uma cidade vulturina
> Vieste a nós, trazendo
> O ar de suas avenidas de assombro
> Onde vagabundos peixes esqueletos
> Rodopiam ou se postam em frente a casas inabitáveis
> Mas entupidas de tua coleção de segredos,
> Ó Goeldi: pesquisador da noite moral sob a noite física."
>
> Trecho de "A Goeldi", de Carlos Drummond de Andrade

GUIGNARD

Alberto da Veiga Guignard (1896-1962) teve uma infância tranquila no Brasil. Após a morte de seu pai, sua mãe casou-se com um nobre alemão e a família mudou-se para a Europa. Lá, apesar dos desentendimentos com o padrasto, o artista desfrutou de uma sólida formação artística na Alemanha e na Itália. Em 1929, após a morte de sua mãe e de sua irmã, e depois de viver uma grande desilusão amorosa, voltou ao Brasil. Vivendo no Rio de Janeiro no início da década de 1930, Guignard ficou deslumbrado com as belas paisagens da cidade, com as luzes e as cores tropicais. Suas pinturas dessa fase se caracterizam pelo "lirismo nacionalista".

Guignard foi sempre muito solitário. Morava em pensões e cultivava paixões platônicas. Em 1944, pintor já reconhecido nacional e internacionalmente, foi convidado por Juscelino Kubitschek, então prefeito de Belo Horizonte, a dirigir uma escola de arte naquela cidade. Nos anos vividos em Minas Gerais, o artista produziu suas obras mais conhecidas: as *Paisagens imaginárias de Minas*, vastos horizontes envoltos em névoa, onde se veem vales e montanhas coroadas por pequenas igrejinhas brancas, num clima de sonho.

Uma geração de artistas brasileiros iniciou-se na arte através de seus ensinamentos, entre eles Iberê Camargo, Waldemar Cordeiro, Lygia Clark, Amílcar de Castro e Farnese de Andrade.

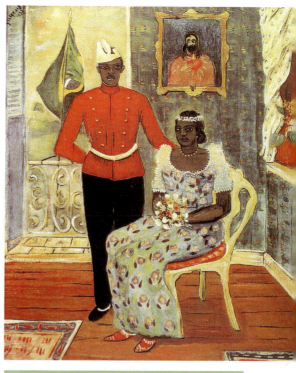

Guignard
Os noivos, 1937, Museus Castro Maya, Iphan/Minc, Rio de Janeiro

Nesta pintura vemos as características do lirismo nacionalista: a cena repleta de ornamentos, estampas e flores, ao lado de símbolos de brasilidade, como os jovens negros e a bandeira nacional.

CONTEXTO HISTÓRICO

REVOLUÇÃO DE 1932

Com a revolução de 1930, o estado de São Paulo viu sua participação nas decisões políticas nacionais drasticamente reduzida. O descontentamento devido à nomeação de interventores se acentuou com a crise econômica que atingiu a lavoura, a indústria e o comércio.

Em fevereiro de 1932, o PRP e o Partido Democrata formaram a Frente Única Paulista, que reivindicava uma nova constituição, eleições e a autonomia do estado. No dia 23 de maio, um gigantesco protesto na capital acabou em confronto, levando à morte dos estudantes Miragaia, Martins, Drausio e Camargo, cujas iniciais – MMDC – deram origem à principal organização criada para mobilizar a população.

Em 9 de julho, São Paulo declarou guerra ao governo federal, mas as tropas dos estados que diziam apoiar a revolução – Minas Gerais, Mato Grosso e Rio Grande do Sul – não se apresentaram. Mesmo assim, muitos voluntários se alistaram, a indústria empreendeu um enorme esforço de guerra e a população se envolveu em serviços de assistência e abastecimento. Com o desenrolar da luta, ficou clara a superioridade militar das forças federais, e a 1º de outubro os paulistas se renderam.

Cartaz convoca paulistas a alistarem-se na luta contra o governo.

DE VOLTA À TRADIÇÃO

Ainda na década de 1930, surgiram outros grupos de artistas, tanto em São Paulo como no Rio de Janeiro, formados em sua maioria por jovens vindos de famílias operárias ou de classe média, muitos deles imigrantes ou descendentes de imigrantes.

Esses artistas estavam interessados em aprender as técnicas tradicionais da pintura para representar paisagens, retratos e outros temas clássicos. Em geral, eles se opunham à estética radical dos modernistas de 22.

NÚCLEO BERNARDELLI

No Rio de Janeiro o ambiente artístico era dominado pela Escola Nacional de Belas-Artes, que, após o Salão Revolucionário (*ver pág. 24*), voltara a ser controlada pela mesma elite reacionária. O Salão Nacional, promovido pela escola, rejeitava sistematicamente as obras mais audaciosas.

Em oposição a essa rigidez acadêmica, nasceu em 1931 o Núcleo Bernardelli, formado por alunos e ex-alunos da Enba, como Ado Malagoli, José Pancetti e Milton Dacosta, entre outros. Os jovens artistas propunham a renovação do ensino de arte, o estímulo ao aperfeiçoamento técnico e a democratização do acesso ao Salão Nacional. O nome do núcleo era uma homenagem aos professores Henrique e Rodolfo Bernardelli, que no final do século XIX também haviam se indisposto com a condução do ensino na Enba e montado um curso alternativo de arte.

Sem recursos financeiros, o Núcleo Bernardelli instalou-se nos porões da própria Enba, de onde foi expulso em 1935, por pressão dos acadêmicos. O grupo sobreviveu por mais seis anos. Os artistas do Núcleo Bernardelli representaram, nos anos 1930 e 1940, a ala moderada do modernismo carioca.

PANCETTI

Filho de imigrantes italianos, José Pancetti (1902-1958) nasceu no Brasil mas foi criado por parentes na Itália. Voltou para cá em 1920 e dois anos depois entrou na Marinha, onde permaneceu até 1946. Sem aprendizado artístico formal, costumava registrar as imagens que via, principalmente do mar. Em 1933, reuniu-se ao Núcleo Bernardelli. Em 1941 ganhou o prêmio de viagem ao exterior no Salão Nacional de Belas-Artes, mas uma tuberculose o obrigou a permanecer por aqui.

Pancetti sempre gostou de fazer retratos e autorretratos. Na década de 1940, produziu paisagens urbanas, mas suas obras mais conhecidas são as marinhas. Em 1950 instalou-se na Bahia e pintou a cidade de Salvador e arredores.

Ado Malagoli
Nu feminino, 1942, Museu de Arte do Rio Grande do Sul Ado Malagoli (Margs), Porto Alegre

Apesar de ter sempre se colocado contra o academicismo, Ado Malagoli foi um artista tradicionalista, tanto nos temas como na técnica.

ADO MALAGOLI

O paulista Ado Malagoli (1906-1994) trabalhou com alguns dos artistas do Grupo Santa Helena (*ver pág. 30*), em São Paulo, antes de ingressar na Escola Nacional de Belas-Artes em 1928, onde participou da fundação do Núcleo Bernardelli. Em 1943, Malagoli recebeu o prêmio de viagem ao exterior e partiu para os Estados Unidos, onde permaneceu três anos. Lá, estudou história da arte e, em 1946, fez sua primeira exposição individual, em Nova York. De volta ao Brasil, mudou-se para Porto Alegre. Trabalhou na Secretaria de Cultura do Estado e criou o Museu de Arte do Rio Grande do Sul, que, em 1997, em sua homenagem, passou a chamar-se Museu de Arte do Rio Grande do Sul Ado Malagoli. A obra de Malagoli é uma reação às radicalizações das vanguardas modernistas.

MILTON DACOSTA

Com apenas 16 anos, o carioca Milton Dacosta (1915-1988) foi um dos fundadores do Núcleo Bernardelli.

Em 1945, viajou para os Estados Unidos. Mais tarde, mudou-se para Paris, onde conheceu Pablo Picasso e expôs em 1947 no Salão de Outono, que nessa época já era uma tradicional mostra francesa de jovens artistas.

De volta ao Brasil começou a trabalhar com a geometrização das figuras, e nos anos 1950 sua pintura transformou-se em pura abstração, com o uso de elementos geométricos puros organizados num jogo de linhas verticais e horizontais.

> *"O modernismo desenvolveu, em muitos casos, um nacionalismo de rótulo: umas mulatas, umas bananas, uns cocos... tudo isso com formas cubistas recém-importadas de Paris."*
>
> Ado Malagoli

CONTEXTO HISTÓRICO

Em 1939, Vargas criou o Departamento de Imprensa e Propaganda (DIP), responsável por censurar com rigor manifestações artísticas que contrariassem o governo.

TEMPOS DE REPRESSÃO

O Estado Novo foi um período de governo autoritário no Brasil, que teve início em 1937, com um golpe liderado pelo próprio presidente Getúlio Vargas. Após a tentativa de revolução organizada por Luís Carlos Prestes, no final de 1935, que ficou conhecida como Intentona Comunista, Getúlio havia suspendido as garantias constitucionais. A repressão e a censura foram utilizadas contra os comunistas e contra todos aqueles que eram contrários ao governo. Dessa forma, as resistências políticas a Getúlio Vargas vinham sendo progressivamente minadas. Em setembro de 1937, o Ministério da Guerra divulgou o que ficou conhecido como Plano Cohen, um documento forjado pelo governo que relatava a preparação de uma nova ofensiva comunista. Com essa falsa ameaça, o governo conseguiu apoio para acirrar a repressão. Em 10 de novembro de 1937, o Congresso Nacional foi cercado por tropas da Polícia Militar e fechado. No mesmo dia, Vargas anunciou pelo rádio o início de uma nova era, orientada por uma nova Constituição, e mergulhou o país numa ditadura que durou oito anos.

O GRUPO SANTA HELENA

Na mesma época, um importante agrupamento de artistas se formava em São Paulo, em um antigo edifício da Praça da Sé, chamado Palacete Santa Helena.

Francisco Rebolo (1902-1980) foi o primeiro a instalar seu escritório de pintura decorativa numa sala do edifício, em 1934. Nos anos seguintes, Mário Zanini, Fúlvio Pennacchi, Aldo Bonadei, Clóvis Graciano e Alfredo Volpi frequentaram e dividiram ateliês no mesmo edifício. Num ambiente de ajuda mútua, uma pequena comunidade de pintores se formou. Seus integrantes dividiam os conhecimentos técnicos de pintura, as sessões de modelo vivo e organizavam excursões de fim de semana aos subúrbios da cidade e a Santos, para pintar. De origem social modesta, tinham que trabalhar para sobreviver. Rebolo, Volpi e Zanini eram pintores-decoradores, Graciano pintava placas e cartazes, Pennacchi era decorador e professor de desenho do Colégio Dante Alighieri, Bonadei era costureiro e bordador. Bonadei e Pennacchi estudaram artes na Itália, mas os outros eram autodidatas na pintura. Por serem, na maioria, de origem italiana, foram influenciados pelo "retorno à ordem", uma reação às rupturas proclamadas pelos movimentos de vanguarda, que voltava a valorizar a grande tradição da pintura italiana.

> *"Éramos meia dúzia de amigos cujo traço comum era não gostar dos acadêmicos e querer a pintura verdadeira, que não fosse anedótica ou narrativa, a pintura pela pintura."*
>
> Francisco Rebolo Gonsales

A FAMÍLIA ARTÍSTICA PAULISTA

Com a dissolução da Sociedade Pró-Arte Moderna, o SPAM, em 1934, o artista Paulo Rossi Osir, que havia participado do grupo, passou a promover reuniões em seu apartamento, unindo os modernistas ligados à elite paulistana com os chamados "artistas-proletários" do Grupo Santa Helena. Como resultado desses encontros, surge a Família Artística Paulista – FAP, um grupo que não era excessivamente moderno, nem tampouco acadêmico. Criada em 1937, a FAP realizou três exposições. Essas mostras foram um dos acontecimentos mais importantes de arte moderna na década de 1930.

MODERNISMO MODERADO PAULISTA

A participação nas exposições da FAP deu visibilidade aos trabalhos dos artistas do Grupo Santa Helena. Em 1939, após visitar a segunda exposição desse grupo, Mário de Andrade identificou pela primeira vez a existência de uma "escola paulista", caracterizada por seu modernismo moderado. Esses artistas estavam ocupando o espaço entre as experimentações da vanguarda dos anos 1920 e o academismo ainda vigente no meio paulistano. Com a dissolução natural do grupo Santa Helena, no fim da década de 1930, os artistas desenvolveram carreiras individuais. Entre eles, Alfredo Volpi foi o mais importante para a cultura brasileira.

VOLPI

Alfredo Volpi (1896-1988) nasceu na Itália e chegou ao Brasil com um ano de idade. Trabalhou como entalhador e encadernador e aos 16 anos já fazia pintura decorativa para frisos de parede. Homem simples, Volpi foi um artista autodidata que criou uma linguagem própria. Passou, aos poucos, da pintura feita ao ar livre para os trabalhos intelectuais, concebidos e executados no ateliê. Na década de 1940, a partir das paisagens

Alfredo Volpi em seu ateliê, aos 80 anos.

pintadas em Itanhaém, Volpi abandonou a perspectiva tradicional e passou a simplificar a forma das casas, compondo com os elementos das fachadas: as portas e as janelas. Nos anos 1950, as bandeirinhas e os mastros de festas juninas apareceram associados a essas fachadas, e aos poucos se transformaram nos principais elementos de suas pinturas. Por causa dessas composições geometrizadas, foi convidado a participar das Exposições Nacionais de Arte Concreta (ver pág. 43). Volpi realizou a transição entre a pintura da primeira fase do Modernismo ainda figurativa e a arte geométrica que surgiu na década de 1950.

ALDO BONADEI

O paulistano Aldo Bonadei (1906-1974) se interessou pela pintura desde criança. Em 1930, viajou para a Itália e frequentou a Academia de Belas-Artes de Florença. Apesar de sua formação acadêmica, gostava de pesquisar novas técnicas e teorias.

Bonadei era um artista inquieto que desconfiou do que viam os seus olhos e pesquisou a fundo a relação entre a forma e a cor dos objetos. Ele foi professor de pintura e trabalhou como figurinista, criando modelos para vestidos e desenhos para bordados. Dedicou-se à ilustração de livros e revistas, à cerâmica e escreveu poesias. Foi precursor no uso de costuras, papéis e plástico sobre a tela para criar relevo e textura na composição. Pintou, principalmente, naturezas-mortas e paisagens urbanas, muitas delas retratando as ruas do Bexiga, bairro tradicional de São Paulo, onde vivia.

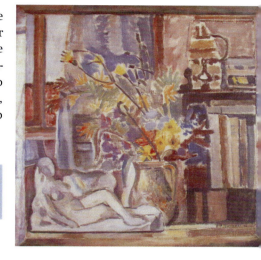

Aldo Bonadei
Interior de atelier, 1942, Museu de Arte Moderna (MAM)/Coleção Gilberto Chateaubriand, Rio de Janeiro

Bonadei era considerado o integrante mais erudito do Grupo Santa Helena. Influenciado pelo Cubismo, gostava de representar arranjos de objetos em seu ateliê, como mostra esta escultura.

CONTEXTO HISTÓRICO
CARMEN MIRANDA E ZÉ CARIOCA

A estratégia de relacionamento dos Estados Unidos com os países da América Latina, de 1933 até o final da guerra, ficou conhecida como "política de boa vizinhança". Essa política consistia em utilizar a diplomacia e a colaboração econômica, militar e cultural com o objetivo de impedir a influência de países europeus na região, assegurando a liderança norte-americana. Nesse contexto, o Brasil passou por um processo de substituição das referências do modelo europeu para o modelo norte-americano. A cultura brasileira foi usada para fortalecer os laços entre os dois países. Walt Disney criou o papagaio Zé Carioca, personagem brasileiro que contracenou com o Pato Donald no filme *Alô, Amigos*. A cantora Carmen Miranda foi convidada a apresentar um musical de grande sucesso na Broadway, em Nova York.

De origem portuguesa, Carmen Miranda (1909-1955), aos 20 anos, gravou seu primeiro disco no Rio de Janeiro. Tornou-se famosa ao gravar a marcha carnavalesca "Pra você gostar de mim", em 1931. A cantora tinha um sorriso contagiante e um jeito especial de cantar, mexendo as mãos e gingando. Usava roupas exageradas, uma baiana estilizada inventada por ela mesma, com turbante e coberta de balangandãs. Depois do sucesso em Nova York, Carmen seguiu para Hollywood, onde participou de 14 filmes e se transformou num símbolo da cultura latino-americana, ganhando o título de *Brazilian Bombshell* ("Granada explosiva brasileira").

A artista brasileira mais famosa do século XX, Carmen Miranda foi a primeira latino-americana a conseguir um lugar na Calçada da Fama, em Hollywood.

OUTROS CAMINHOS

Alguns artistas brasileiros que produziram suas obras entre os anos 1920 e 1940 não se alinharam aos grupos modernistas. Eles seguiram rumos independentes, mas com forte influência do movimento surrealista.

SURREALISMO

A palavra "surrealismo" apareceu em 1924, no primeiro manifesto escrito pelo poeta francês André Breton (1896-1966). Com ela Breton se referiu a um mundo que estava além do sonho e da realidade. Os surrealistas estavam interessados em explorar, através das artes, o imaginário e as forças ocultas da mente.

Inicialmente, o Surrealismo foi um movimento literário, mas em pouco tempo faziam parte do grupo intelectuais e artistas plásticos do mundo todo, como René Magritte (1898-1967), Joan Miró (1893-1983), Max Ernst (1891-1976), Salvador Dalí (1904-1989), o fotógrafo Man Ray (1890-1976) e o cineasta Luis Buñuel (1900-1983).

Como grande parte dos surrealistas tinha participado do Dadaísmo (ver pág. 9), eles mantiveram o caráter irreverente desse movimento, contestando radicalmente os valores vigentes na sociedade burguesa. Além dos sonhos, outros temas foram também tratados pelos surrealistas: a investigação do corpo, a dor, a loucura e a máquina.

Os pintores surrealistas foram fortemente influenciados pela pintura do italiano Giorgio de Chirico (1888-1978), autor de *O enigma de um dia*, obra que esteve presente na I Exposição da Spam, em São Paulo, em 1933 (ver pág. 24).

No Brasil, características do Surrealismo podem ser notadas nas obras de Ismael Nery, Cícero Dias e Maria Martins, assim como nas fotomontagens do escritor Jorge de Lima.

ISMAEL NERY

Ismael Nery (1900-1934) é considerado o precursor do Surrealismo no Brasil.

Foi um homem de muitos talentos – era desenhista, pintor, arquiteto, filósofo e poeta. Nascido em Belém do Pará, Nery teve uma vida breve e cheia de acontecimentos trágicos que marcaram sua obra. Perdeu o pai aos 9 anos e o irmão aos 18, fatos que deixaram sua mãe perturbada. Aos 30 anos, contraiu tuberculose, e morreu poucos anos depois.

Ao lado, os grandes nomes do movimento surrealista. Atrás: Hans Arp, Yves Tanguy, René Crevel e Tristan Tzara. Na frente: Paul Éluard, André Breton, Salvador Dalí, Max Ernst e Man Ray.

Ismael Nery
Essencialismo, s.d.,
Coleção Chaim José Hamer, São Paulo

Com esta figura múltipla e transparente, Ismael Nery tentou representar o sistema filosófico que ele mesmo havia criado.

Após uma breve passagem pela Escola Nacional de Belas-Artes, Nery foi estudar em Paris. Na Europa, consolidou sua formação artística. De volta ao Brasil, passou a trabalhar como arquiteto no Patrimônio Nacional.

No final dos anos 1920 sua casa se tornou um ponto de encontro de artistas e intelectuais cariocas, como o poeta Murilo Mendes, o crítico Mário Pedrosa e o pintor Guignard, entre outros. Nery explicou a alguns desses amigos o sistema filosófico que havia criado, o Essencialismo, em que defendia que todos os homens e mulheres são feitos de carne e sonhos.

Em 1927, Nery voltou à Europa. Lá conheceu André Breton e o pintor russo Marc Chagall (1887-1985). A viagem influenciou profundamente sua obra, que, a partir daí, se aproximou muito do Surrealismo. Em 1929, fez suas únicas exposições individuais, em Belém e no Rio de Janeiro. Depois, participou do Salão Revolucionário, no Rio de Janeiro (*ver pág. 24*), e da I Exposição de Arte Moderna da Spam, em São Paulo (*ver pág. 24*).

CÍCERO DIAS

Cícero Dias (1907-2003) foi pintor, gravador, ilustrador, cenógrafo e professor.

Nasceu em Pernambuco, mas em 1920 mudou-se para o Rio de Janeiro, onde estudou arquitetura e pintura na Escola Nacional de Belas-Artes. Entrou em contato com o grupo modernista, chegando a colaborar num dos últimos números da *Revista de Antropofagia*.

Mesmo sem ter recebido influência direta desse estilo, seus primeiros trabalhos têm características surrealistas: personagens flutuando em cenários cheios de lirismo. Em 1937, Cícero se fixou em Paris, onde passou a maior parte de sua vida. Lá o pintor entrou em contato com os surrealistas e os cubistas, tornando-se amigo de Picasso. Durante a década de 1940, o pintor se interessou pela abstração. Suas obras desse período valorizavam a geometria, mantendo porém características do regionalismo derivado de sua raiz pernambucana.

MARIA MARTINS

Artista, jornalista e escritora, Maria Martins (1894-1973) casou-se com um diplomata brasileiro e passou grande parte de sua vida no exterior. Seu trabalho como escultora se iniciou em meados da década de 1920, de forma lenta e esparsa, e alcançou plenitude nos Estados Unidos, onde morou de 1939 a 1948. Maria abriu um ateliê em Nova York, onde suas esculturas orgânicas, que por vezes representavam as lendas da Amazônia, atraíram a atenção dos surrealistas, ali refugiados devido à Segunda Guerra Mundial. Maria logo se integrou ao grupo, passando a conviver com André Breton, Max Ernst e Marcel Duchamp (1887-1968), que lhe dedicou duas obras. André Breton escreveu a apresentação de sua mostra individual de 1947, em Nova York, e a convidou para as importantes exposições surrealistas em Paris no pós-guerra.

Maria Martins
Não te esqueças nunca que eu venho dos trópicos,
1942, Coleção Sergio S. Fadel, Rio de Janeiro

Misturando formas que parecem pertencer, ao mesmo tempo, a corpos humanos, animais e plantas, a artista cria seres improváveis, como nesta escultura em bronze.

UM SÍMBOLO DO MODERNISMO

A política cultural de Getúlio Vargas foi extremamente contraditória. Se por um lado ele criou um departamento de Imprensa e Propaganda que exercia censura nos meios de comunicação, por outro tomou uma série de medidas que visaram modernizar a educação e preservar as raízes culturais brasileiras. Uma das mais importantes foi a criação do Serviço do Patrimônio Histórico e Artístico Nacional (Sphan), que passou a preservar bens nacionais de valor arqueológico, etnográfico, bibliográfico ou artístico.

Dentro desse contexto de valorização da cultura, Candido Portinari foi uma figura central. Convidado a realizar diversas obras para o governo, foi capaz de conferir um caráter nacional e moderno a sua pintura, criando uma imagem para representar o brasileiro que está presente em todos os temas que abordou: figuras populares, trabalhadores e lembranças de sua infância.

A disposição para a pintura muralista também contribuiu para sua aproximação da esfera oficial e institucional. Portinari realizou painéis e afrescos para várias instituições no Brasil e no mundo, tornando-se um símbolo internacional do modernismo brasileiro.

O ministro Gustavo Capanema com o presidente Getúlio Vargas, em visita à exposição de Portinari, no Museu Nacional de Belas-Artes.

PORTINARI

Candido Portinari (1903-1962) nasceu numa fazenda de café, em Brodósqui, no interior de São Paulo. Filho de imigrantes italianos, desde criança manifestou sua vocação artística. Aos 15 anos de idade foi para o Rio de Janeiro estudar na Escola Nacional de Belas-Artes e, em 1928, conquistou o prêmio de viagem ao estrangeiro no Salão Nacional. Em Paris, decidiu que, ao voltar ao Brasil, retrataria em sua obra o povo brasileiro.

Em 1936 pintou seus primeiros painéis para o Monumento Rodoviário, em Piraí, no Rio de Janeiro. No mesmo ano foi convidado pelo ministro Gustavo Capanema a realizar os afrescos sobre os ciclos econômicos brasileiros para o edifício do Ministério da Educação e Saúde (*ver pág. 59*), nos quais manifestou, definitivamente, sua opção pela temática social.

Candido Portinari
Café, 1936, Palácio Gustavo Capanema, Rio de Janeiro

Este é um dos doze afrescos (Pau-Brasil, Cana, Gado, Garimpo, Fumo, Algodão, Erva-Mate, Café, Cacau, Ferro, Borracha e Carnaúba) sobre os ciclos econômicos feitos por Portinari para o Ministério da Educação e Saúde no Rio de Janeiro, atual Palácio Gustavo Capanema.

SUCESSO NOS ESTADOS UNIDOS

No final da década de 1930, como parte do intercâmbio cultural promovido pela política de boa vizinhança do governo dos Estados Unidos (*ver pág. 31*), Portinari se transformou em alvo de interesse da elite norte-americana. Em 1939, uma tela sua foi adquirida pelo Museu de Arte Moderna de Nova York (MoMA). No ano seguinte, expôs no Riverside Museum de Nova York, no Instituto de Artes de Detroit e no MoMA, com grande sucesso. Ainda nos Estados Unidos, executou quatro grandes murais na Biblioteca do Congresso, em Washington, com temas referentes à história latino-americana.

MAIS PAINÉIS

De volta ao Brasil, realizou oito painéis conhecidos como *Série bíblica*, para a sede da Rádio Tupi, em São Paulo, diversas obras para o conjunto arquitetônico da Pampulha, em Belo Horizonte, a convite do arquiteto Oscar Niemeyer, além de três outros painéis: *A primeira missa no Brasil, Tiradentes* e *A chegada da família real portuguesa à Bahia*. Em 1952, iniciou os estudos para os murais *Guerra e Paz*, oferecidos pelo governo brasileiro à nova sede da Organização das Nações Unidas (ONU), em Nova York.

> "Você é a alegria e a honra do nosso tempo e da nossa geração. Não sei se saberia dizer-lhe isso pessoalmente, mas encho-me de coragem nesta carta para exprimir uma convicção que é de todos os seus companheiros, os quais se sentem elevados e explicados na sua obra. Sim, meu caro Candinho, foi em você que conseguimos a nossa expressão mais universal, e não apenas pela ressonância, mas pela natureza mesma de seu gênio criador, que, ainda que permanecesse ignorado ou negado, nos salvaria para o futuro."
>
> Carlos Drummond de Andrade, em carta a Portinari

NO PARTIDO COMUNISTA

A escalada do nazifascismo e os horrores da Segunda Guerra Mundial reforçaram o caráter trágico da obra de Portinari, levando-o à militância política e confirmando sua opção pela temática social, como na *Série Retirantes*, de 1944. Em 1956, Portinari não pôde comparecer à inauguração dos painéis *Guerra e Paz*, na ONU, pois não foi autorizado a entrar nos Estados Unidos, devido ao fato de ter se filiado ao Partido Comunista.

No final da década de 1950, Portinari realizou diversas exposições internacionais, mas seu estado de saúde se agravou devido à intoxicação causada pelas tintas que utilizava, levando-o à morte às vésperas de uma grande mostra que se realizaria em Milão, em 1962.

Candido Portinari
Acrobatas, 1958, Museu de Arte da Pampulha, Belo Horizonte

Nesta pintura, Portinari trata o tema da infância unindo lirismo e construção geométrica.

MUSEUS E BIENAIS

Quando a Segunda Guerra acabou, em 1945, o Brasil dispunha de reservas acumuladas para investimentos. O comércio internacional era favorável, a Europa, empobrecida, precisava ser reconstruída, e os empresários europeus necessitavam de dinheiro para investir em suas indústrias. Assim, muitos deles puseram à venda suas obras de arte, a preço de liquidação. Não haveria melhor momento para montar uma coleção europeia de grande valor no Brasil.

Nesse cenário, três museus – o Masp e o MAM, em São Paulo, e o MAM do Rio de Janeiro – foram fundados no final dos anos 1940 por empresários que desejavam ser reconhecidos como patrocinadores de um projeto cultural moderno.

UMA COLEÇÃO PARA UM MUSEU

Inaugurado em 1947, o Masp foi criado por Francisco de Assis Chateaubriand, dono de uma rede de comunicações que conseguiu montar a coleção mais importante do hemisfério sul, com obras de artistas como Velázquez, Rembrandt, Monet e Van Gogh, entre muitos outros.

A compra do acervo do Masp foi uma aventura histórica. Usando seu poder e prestígio, Chateaubriand fez todo tipo de pressão para obter a colaboração de outros empresários. Assessorado pelo curador e crítico de arte italiano Pietro Maria Bardi, ele viajou várias vezes à Europa e aos EUA, fazendo ótimos negócios e comprando um tesouro que vale hoje cerca de mil vezes o que custou.

O MASP

Nos três primeiros anos, o Museu de Arte de São Paulo funcionou em uma sala na sede dos *Diários Associados*, na Rua 7 de Abril. Com projeto museográfico da arquiteta italiana Lina Bo Bardi, o local era dividido em quatro ambientes: pinacoteca, onde ficavam expostas as obras do acervo; sala de exposição didática sobre a história da arte mundial; sala de mostras temporárias e auditório. Essa divisão refletia a intenção de criar um museu gerador de conhecimento e cultura, e não apenas um depósito de obras de arte.

Em 1958, Lina Bo Bardi projetou a atual sede da Avenida Paulista, num terreno cedido pela prefeitura. Para respeitar o compromisso de manter a vista do mirante do Trianon, Lina idealizou uma estrutura de concreto apoiada sobre dois pilares laterais, deixando um vão livre de 74 metros. A nova sede do Masp, inaugurada em 1968, tornou-se um marco da arquitetura moderna e um símbolo da cidade de São Paulo.

Em 1949, o diretor do Masp, Pietro Maria Bardi, recebe a tela A senhora Cézanne, de Paul Cézanne, no Porto de Santos.

O MAM DE SÃO PAULO

O Museu de Arte Moderna foi criado pelo industrial Francisco Matarazzo Sobrinho com a intenção de preservar e divulgar a arte moderna. Ciccillo Matarazzo, como era conhecido, doou parte de sua coleção particular e financiou a compra de outras obras para o museu, que teve sua sede instalada também numa sala do edifício dos *Diários Associados*, cedida por Assis Chateaubriand. Inspirado em instituições norte-americanas, como o MoMA, o MAM foi inaugurado em 1949 com uma exposição que confirmava seu caráter didático: "Do Figurativismo ao Abstracionismo".

A PRIMEIRA BIENAL

Ainda em 1949, Ciccillo Matarazzo teve a ideia de fazer no Brasil uma grande mostra internacional nos moldes da Bienal de Veneza – um dos mais tradicionais eventos de arte do mundo –, e definiu o ano de 1951 para a realização desse evento. Ele também idealizou o Prêmio Aquisição, através do qual as obras premiadas em dinheiro seriam adquiridas, promovendo um crescimento contínuo do acervo do MAM.

Pavilhão provisório da I Bienal no Trianon, em 1951.

Ciccillo enviou à Europa sua esposa, Yolanda Penteado, para fazer pessoalmente os convites aos artistas e representações estrangeiros, e convencê-los a enviar obras de arte para um país sem força política nem tradição cultural.

Para abrigar a I Bienal, a prefeitura de São Paulo emprestou o terreno da Esplanada do Trianon, onde posteriormente foi construída a sede do Masp (ver pág. 36). Lá um pavilhão de madeira com 5 mil metros quadrados foi instalado, para receber as obras dos 23 países que participaram. O primeiro prêmio internacional de escultura foi concedido à obra *Unidade tripartida*, do suíço Max Bill.

UMA BIENAL INTERNACIONAL

Depois do sucesso da I Bienal, começaram os preparativos para a segunda edição, que se iniciou no final de 1953, abrindo os festejos do IV Centenário de São Paulo. A mostra ocupou um dos edifícios projetados pelo arquiteto Oscar Niemeyer no Parque do Ibirapuera, um grande investimento urbanístico realizado em comemoração ao aniversário da cidade.

A II Bienal reuniu obras dos mais importantes artistas modernos, além de 51 telas de todas as fases de Picasso e do grande painel *Guernica*, feito pelo artista sob o impacto do bombardeio da cidade basca durante a Guerra Civil Espanhola.

A Bienal de São Paulo é um evento de grande importância no mundo até hoje. Além de projetar nossos artistas no circuito internacional, possibilita a atualização da cultura brasileira, trazendo um painel da arte que está sendo feita no mundo todo.

Aldemir Martins *Cangaceiros*, 1953, **Museu de Arte Contemporânea da Universidade de São Paulo (MAC-USP)**

Esta obra do cearense Aldemir Martins recebeu o primeiro prêmio nacional de desenho na Bienal Internacional de 1953.

ENQUANTO ISSO, NO RIO

No Rio de Janeiro, o colecionador e industrial Raimundo Castro Maya estava à frente de um grupo de empresários que criou, em 1948, outro Museu de Arte Moderna – o MAM do Rio de Janeiro. O museu foi instalado primeiramente no Edifício do Ministério da Educação e Saúde – atual Palácio Gustavo Capanema. Sua sede definitiva foi projetada por Affonso Reidy (1909-1964) e construída no Aterro do Flamengo, dez anos depois. Castro Maya foi um grande colecionador de arte e fomentador da cultura carioca. As coleções por ele reunidas hoje formam o acervo do Museu da Chácara do Céu e do Museu do Açude.

MOVIMENTO CONCRETO

Getúlio Vargas voltou à presidência, eleito pelo voto direto em 1950. Dessa vez, porém, sua política francamente voltada para os interesses populares desagradou as elites. Depois de seguidas crises políticas, Getúlio ficou sem saída, ao ser acusado como mandante do atentado ao jornalista oposicionista Carlos Lacerda, e comoveu a nação ao se suicidar, em 1954.

No ano seguinte, Juscelino Kubitschek foi eleito e um grande otimismo tomou conta do país. Sua proposta de governo prometia crescer "50 anos em 5". JK promoveu o desenvolvimento econômico com a implantação da indústria automobilística, a construção de estradas e a criação de Brasília.

Os museus de São Paulo e o MAM do Rio de Janeiro, que funcionavam como centros culturais, oferecendo cursos e promovendo exposições e debates, e sobretudo as primeiras Bienais divulgaram a arte abstrata internacional, o que influenciou a nova geração de artistas brasileiros. Entre os acontecimentos marcantes da época estão a conferência do escultor norte-americano Alexander Calder (1898-1976) e a exposição do artista suíço Max Bill (1908-1994).

"Ideias abstratas que antes não existiam a não ser no espírito se tornam visíveis sob forma concreta."
Max Bill

O RIGOR GEOMÉTRICO SUÍÇO

Fundador da Escola Superior da Forma, em Ulm, na Alemanha, Max Bill foi o principal responsável pela divulgação no Brasil das ideias da arte concreta, estruturada a partir de relações matemáticas e geométricas. A exposição do artista no Masp, a presença da delegação suíça na I Bienal e o fato de a obra *Unidade tripartida*, de Max Bill, ter recebido o grande prêmio de escultura no evento (*ver pág. 37*) apontaram a direção estética que seria seguida pelos artistas brasileiros a partir desse momento. As formulações de Max Bill tiveram papel fundamental na formação do Grupo Ruptura, em São Paulo, e do Grupo Frente, no Rio de Janeiro.

Max Bill
Unidade tripartida, 1948/49, Museu de Arte Contemporânea da Universidade de São Paulo (MAC-USP), São Paulo

Baseada em um conceito matemático, esta obra de Max Bill apresenta uma engenhosa estrutura, que gera um movimento contínuo do olhar. Assim, quem a observa não sabe dizer onde ela começa ou termina.

GRUPO RUPTURA

Geraldo de Barros, Luiz Sacilotto e Waldemar Cordeiro, entre outros, se reuniram em torno das ideias da arte concreta, formando o Grupo Ruptura, que realizou sua primeira exposição no MAM de São Paulo, em 1952. Na abertura da exposição o grupo distribuiu ao público o "Manifesto Ruptura", que anunciava a crise da arte do passado e a proposta de renovação.

O manifesto, redigido por Cordeiro, causou mais reações do que os próprios trabalhos apresentados. O que eles chamavam de "velho" era todo tipo de representação figurativa e a Abstração Informal ou Expressionismo Abstrato – corrente artística que usava a abstração para expressar emoções, valorizando a gestualidade e a subjetividade. Eles diziam que a arte concreta não se interessava por representar a realidade, seus trabalhos não se relacionavam a nada além dos elementos concretos com que lidavam: formas, áreas, linhas, planos e cores.

Sérgio Milliet criticou o grupo num artigo publicado no jornal *O Estado de S. Paulo* e Waldemar Cordeiro respondeu às críticas no *Correio Paulistano*, o que deu início às diversas polêmicas que a arte concreta gerou no meio cultural brasileiro durante toda a década de 1950.

Alguns membros do Grupo Ruptura, como Waldemar Cordeiro, Maurício Nogueira Lima, Geraldo de Barros e Alexandre Wollner, atuaram ao longo de suas carreiras nas áreas de *design*, arquitetura e paisagismo, realizando na prática uma de suas propostas teóricas: a arte a serviço da indústria e da sociedade.

Waldemar Cordeiro
Sem título, 1955, Coleção Família Cordeiro

Nesta obra, Cordeiro trabalhou com grande precisão, sobrepondo elementos geométricos que foram construídos com segmentos de curva. A composição matematicamente organizada sugere um movimento de rotação.

WALDEMAR CORDEIRO

Waldemar Cordeiro (1925-1973) nasceu em Roma, onde iniciou sua formação artística, mas mudou-se para o Brasil aos 21 anos. Trabalhou inicialmente como jornalista e crítico de arte, e realizou ilustrações para jornais. Teve importante papel como organizador do Grupo Ruptura e como porta-voz das propostas da arte concreta. Nos trabalhos desse período usou tinta esmalte e compressor para realizar pinturas com rigor geométrico. Foi também nessa época que começou a trabalhar com paisagismo. Nos anos 1960 interessou-se por experiências mais livres de pintura e pela construção de objetos que associavam materiais cotidianos ou sucata e foram designados com o nome Popcreto, numa alusão à Arte Pop, desenvolvida por artistas norte-americanos. Waldemar Cordeiro foi um precursor, ao desvendar as primeiras possibilidades plásticas do computador, nos anos 1970. Trabalhou com uma equipe de matemáticos no Centro de Computação da Unicamp. Ele promoveu a primeira exposição de arte eletrônica no Brasil, chamada Arteônica. Cordeiro fundou o Instituto de Artes da Unicamp, mas faleceu antes de sua abertura.

> *"A arte enfim não é expressão mas produto."*
> Waldemar Cordeiro

GERALDO DE BARROS

Em seus estudos no final da década de 1940, Geraldo de Barros (1923-1998) interessou-se pela Bauhaus (*ver pág. 8*) e pelo desenho industrial. Em 1946, iniciou suas pesquisas em fotografia, questionando as regras e o processo tradicional. Em suas experiências, realizou intervenções diretamente no negativo, fez múltiplas exposições da mesma película, usou sobreposições de negativos e realizou montagens. Em 1949, foi responsável pela organização do laboratório fotográfico do Masp e, no ano seguinte, realizou no próprio museu a exposição "Fotoformas", apresentando um trabalho que fundia as técnicas de gravura, desenho e fotografia. Em 1951, ganhou uma bolsa do governo francês para estudar gravura e artes gráficas na Escola de Belas-Artes de Paris. No mesmo ano, frequentou a Escola Superior da Forma, em Ulm, na Alemanha, onde entrou em contato com as teorias concretistas do suíço Max Bill. De volta ao Brasil, participou da exposição do Grupo Ruptura e ganhou um prêmio aquisição na I Bienal Internacional de São Paulo. Preocupado com o papel social do artista, ligou-se a um grupo socialista e fundou, em 1954, uma cooperativa para fabricar móveis: a Unilabor. Em 1957 abriu com outros *designers* a Form-Inform, o primeiro escritório voltado à criação de identidade empresarial no Brasil. Com o fim da Unilabor, em 1964, Geraldo de Barros deu início a uma nova empresa de fabricação de móveis: a Hobjeto. Nos anos 1970, retomou sua pesquisa iniciada com a arte concreta, realizando grandes obras geométricas com chapas de fórmica.

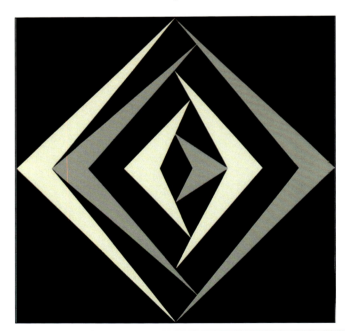

Geraldo de Barros
Ruptura, 1952, Galeria Brito Cimino, São Paulo

O contato com as teorias concretistas na Alemanha, em 1951, teve grande efeito no trabalho de Geraldo de Barros. Esta obra, feita um ano após seus estudos em Ulm, evidencia a busca pelo rigor matemático nas formas.

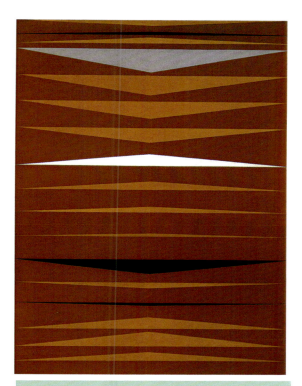

Ivan Serpa
Faixas ritmadas, 1953, Coleção Adolpho Leirner

Neste quadro, Ivan Serpa trabalhou com variações geométricas da mesma forma e alternância dos valores cromáticos.

GRUPO FRENTE

No Rio de Janeiro, sob a liderança de Ivan Serpa, surgiu o Grupo Frente, que fez sua primeira exposição na galeria do Instituto Brasil Estados Unidos (Ibeu), em 1954. A mostra era apresentada pelo crítico Ferreira Gullar e tinha trabalhos de Lygia Clark, Lygia Pape e outros artistas que eram alunos de Serpa no curso de pintura do MAM do Rio de Janeiro.

Eles conheciam as discussões em torno da arte concreta e apresentaram trabalhos que abordavam as questões construtivas e geométricas. No entanto, o maior elo entre os integrantes do grupo era a rejeição à pintura figurativa e nacionalista que dominava o Modernismo brasileiro.

Na segunda exposição do grupo, em 1955, realizada no MAM do Rio de Janeiro, outros artistas uniram-se ao núcleo inicial, entre eles o pioneiro pesquisador de arte cinética Abraham Palatnik, o escultor Franz Weissmann e Hélio Oiticica.

Para os artistas do Grupo Frente, a linguagem geométrica era um campo aberto à experimentação. Graças à valorização da autonomia e da individualidade, alguns de seus integrantes desenvolveram trabalhos singulares, que marcaram a história da arte brasileira na segunda metade do século XX, como as experiências sensoriais de Lygia Clark e as obras ambientais de Hélio Oiticica.

CONTEXTO HISTÓRICO

Foto de linha de montagem em indústria automobilística na região do ABC paulista, em 1957.

ANOS DOURADOS

Juscelino Kubitschek, ao anunciar os "50 anos em 5" em sua campanha presidencial, imaginava que, por meio de planejamento econômico e investimentos públicos e privados em certos setores, seria possível realizar a rápida industrialização do país, superando o subdesenvolvimento, a pobreza e as desigualdades sociais. O ambicioso projeto de JK ficou conhecido como desenvolvimentismo e se baseava no Plano de Metas, um programa que previa o estímulo aos setores de energia, transporte, alimentação, indústria de base e educação, além da transferência da capital do país para o Planalto Central. O êxito governamental na implantação do Plano de Metas foi notável – o país cresceu a uma taxa anual maior que 8%. A indústria automobilística foi implantada e já produzia mais de 300 mil unidades em 1960, estradas foram abertas e houve o enorme esforço de construção de Brasília, considerada um marco da integração nacional. Todas essas conquistas tiveram seu preço: o aumento da inflação e da dívida externa.

Nesses anos, em que tudo parecia dar certo, a vida cotidiana se modificou. Influenciados pelo padrão de consumo norte-americano do pós-guerra, os brasileiros passaram a acreditar no progresso. Automóveis, eletrodomésticos, móveis com formas simples, produtos feitos de plástico e fibras sintéticas traziam a ideia de uma vida mais prática e menos cara. O desenvolvimento econômico e social vinha acompanhado também de muitas novidades na vida cultural: o crescimento da programação da televisão brasileira – muito variada e produzida ao vivo –, o surgimento de novos grupos experimentais de teatro, como o Arena e o Oficina, em São Paulo, o nascimento do Cinema Novo e da Bossa Nova.

NEOCONCRETISMO

Os anos 1960 começaram com grande instabilidade política. Jânio Quadros foi eleito, mas renunciou ao governo poucos meses depois. Houve muita resistência, especialmente dos militares, à posse do vice-presidente, João Goulart. Quando finalmente assumiu o governo, Goulart quis implantar o que chamou de Reformas de Base, que propunham, entre outras coisas, a reforma agrária e a ampliação da ação do Estado na economia. As mudanças se iniciaram com rapidez e um clima de radicalização, contra elas e a favor delas, contaminou o cenário político. Em 1964, um golpe militar derrubou Goulart e levou o país a quase 20 anos de ditadura e repressão.

O APOGEU CULTURAL

Na passagem da década de 1950 para a de 1960 o Brasil viveu um grande momento cultural, destacando-se no cenário internacional na música, na arte, na poesia e na arquitetura.

O Rio de Janeiro fervilhava com a Bossa Nova (*ver pág. 45*), com a arquitetura moderna de Oscar Niemeyer (*ver pág. 59*) e com artistas do movimento concreto, como Lygia Clark e Hélio Oiticica, que inventavam formas totalmente originais de desenvolver o processo artístico, logo reconhecidas como experiências inovadoras na Europa e nos EUA.

Na capital da Bahia, Salvador, a presença da arquiteta Lina Bo Bardi e de outros artistas estrangeiros, como o músico Hans Joachim Koellreuter e o fotógrafo Pierre Verger, estimulou uma grande agitação cultural, que alimentaria o Cinema Novo e, posteriormente, o Tropicalismo.

Em todo o país, havia um acalorado debate político e universitário. O Brasil sonhava ser justo e moderno.

Oscar Niemeyer em frente à Casa das Canoas, no Rio de Janeiro. Projetada em 1951 para ser a residência da própria família, a casa é considerada uma das obras mais significativas da arquitetura moderna brasileira.

> "É porque a obra de arte não se limita a ocupar um lugar no espaço objetivo [...] que as noções objetivas de tempo, espaço, forma, estrutura, cor, etc. não são suficientes para compreeender a obra de arte, para dar conta de sua 'realidade'."
>
> "Manifesto neoconcreto"

EXPOSIÇÃO NACIONAL DE ARTE CONCRETA

Os artistas do Grupo Ruptura e do Grupo Frente, que mantinham contato desde o início da década de 1950, decidiram realizar juntos a I Exposição Nacional de Arte Concreta, apresentada em São Paulo no MAM, em 1956, e no Rio de Janeiro, no Ministério da Educação e Cultura, no ano seguinte. Com a participação de artistas plásticos das duas cidades, dos poetas Décio Pignatari, os irmãos Haroldo e Augusto de Campos e Ferreira Gullar, a exposição apresentou pinturas, esculturas, desenhos e cartazes-poemas, além de palestras e conferências. A mostra revelou a amplitude que a arte abstrato-geométrica havia adquirido no Brasil, mas também evidenciou as divergências entre os dois grupos. A investigação dos artistas paulistas se centrava no conceito da pura visualidade da forma, enquanto os cariocas propunham a experimentação e a ênfase na intuição como requisitos fundamentais do trabalho artístico. Após a mostra, o Grupo Frente rompeu com os artistas de São Paulo e começou a se desintegrar. Dois anos depois, alguns de seus participantes voltaram a se agrupar para criar o movimento neoconcreto.

O manifesto de 1959, assinado por Amílcar de Castro, Ferreira Gullar, Franz Weissmann, Lygia Clark e Lygia Pape, entre outros, coloca a necessidade de reunir um novo grupo em oposição à arte concreta, que estava sendo levada a um perigoso exagero racionalista. Contra o excesso de regras e as intransigências em relação ao uso da geometria, esses artistas defendiam a liberdade de experimentação, o retorno à expressão emocional e o resgate dos valores individuais.

Os neoconcretos também buscavam formas de incorporar o observador, que, ao tocar, manipular e penetrar as obras, tornava-se parte delas.

Capa do "Suplemento Dominical" do Jornal do Brasil *em 21/3/1959.*

> *"... e se podem ficar em níveis diferentes, por que não explorar todas as possibilidades do espaço real? Por que manter este quadro, que já não é quadro, preso à parede?"*
>
> Ferreira Gullar

LYGIA CLARK

Entre as primeiras obras que refletem a preocupação de interagir com o espectador estão os *Bichos*, esculturas manipuláveis criadas por Lygia Clark (1920-1988). A artista havia ultrapassado o espaço do quadro e da moldura, usando primeiramente placas brancas de madeira justapostas e trabalhando depois com placas em níveis diferentes.

Os *Bichos* não tinham um lado de cima ou de baixo nem uma forma fixa, permanente. Eram objetos formados por placas interligadas por dobradiças que se transformavam ao serem manipulados pelo espectador.

> "Trabalho para tentar me livrar do caos e do sofrimento do mundo."
> Franz Weissmann

FRANZ WEISSMANN

O austríaco Franz Weissmann (1911-2005) chegou ao Brasil aos 10 anos, e aos 18 se instalou no Rio de Janeiro. Ingressou na Escola Nacional de Belas-Artes em 1939, onde passou pelos cursos de arquitetura, pintura, desenho e escultura, mas não se adaptou ao ensino acadêmico. Suas primeiras esculturas eram figurativas, mas já apresentavam formas simplificadas. Em 1948, mudou-se para Minas Gerais, convidado por Guignard a dar aulas de modelo vivo, modelagem e escultura na Escola de Arte Moderna de Belo Horizonte.

Na busca pela essência da figura, o artista realizou esculturas de formas cada vez mais geométricas. Em 1951 iniciou as primeiras experiências construtivas, como o *Cubo vazado*, obra rejeitada pelo júri da I Bienal Internacional de São Paulo – a mesma edição em que *Unidade tripartida*, de Max Bill, foi premiada (ver pág. 37).

De volta ao Rio de Janeiro, participou das exposições do Grupo Frente e assinou o "Manifesto neoconcreto", em 1959. Realizou experiências com fios de aço numa série de esculturas lineares e com formas modulares. Franz Weissmann interessou-se especialmente em suas criações pelo vazio, e suas obras valorizam o espaço recortado pela forma.

HÉLIO OITICICA

Hélio Oiticica (1939-1980) nasceu no Rio de Janeiro, mas em 1947 seu pai, o fotógrafo José Oiticica Filho, ganhou uma bolsa da Fundação Guggenheim e a família se transferiu para os EUA. Ao voltar para o Brasil, aos 15 anos, Hélio Oiticica iniciou estudos de pintura com Ivan Serpa, no MAM do Rio de Janeiro. Em 1957 realizou a série de guaches geométricos *Metaesquemas*. Logo o artista interessou-se por ultrapassar os limites entre a tela e o ambiente, o que ocorreu definitivamente com os *Relevos espaciais*, que consistem em chapas pintadas de uma única cor suspensas por fios de náilon.

Expôs juntamente com o Grupo Frente e, embora não tenha assinado o "Manifesto neoconcreto", participou da II Exposição Neoconcreta no Rio de Janeiro.

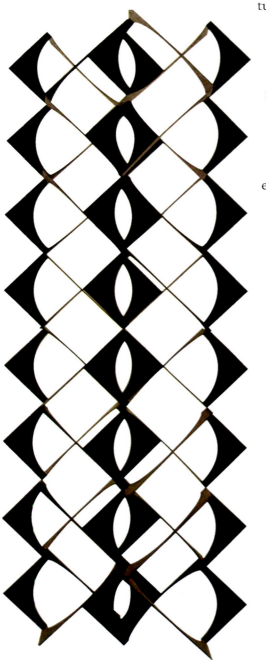

Franz Weissmann
A torre, 1957, Museu de Arte Contemporânea da Universidade de São Paulo (MAC-USP), São Paulo

Nesta escultura modular, o artista partiu de uma chapa de ferro onde foi recortada uma circunferência. A repetição deste elemento construtivo deu grande leveza à estrutura. Com esta obra, Weissmann recebeu um prêmio no 8º Salão Nacional de Arte Moderna.

A partir dos anos 1960, suas obras exploraram cada vez mais a interação com o público. Oiticica foi um precursor das atuais instalações, criando os *Penetráveis* – labirintos onde as cores se sucedem num ritmo que envolve o espectador. No fim da década de 1960, em uma experiência realizada com a comunidade do morro da Mangueira, nasceram os *Parangolés* – tendas, estandartes e capas de vestir que misturam cor, dança, poesia e música numa manifestação cultural coletiva. Em seguida, Oiticica criou outras obras ambientais que permitiam ao espectador vivenciar com todos os sentidos a experiência artística, entre elas *Tropicália* e *Éden*. *Tropicália* é uma espécie de labirinto que remete à estética das favelas, e em seu interior há um aparelho de TV ligado. "Tropicália" se tornou o nome de uma canção de Caetano Veloso que acabou inspirando o de um movimento cultural que ocorreu no final dos anos 1960: o Tropicalismo. O *Projeto Éden* foi apresentado em Londres em 1969, na Whitechapel Gallery. Em 1970, na exposição "Information", realizada no MoMA de Nova York, Oiticica lançou a ideia dos *Ninhos*, trabalho desenvolvido com bolsa da Fundação Guggenheim. Suas experiências em linguagens tão diversas foram muitas vezes acompanhadas de elaborações teóricas, apresentadas em forma de textos ou poemas.

Hélio Oiticica
Tropicália, 1967, apresentada na exposição "Nova Objetividade Brasileira", no Museu de Arte Moderna (MAM), Rio de Janeiro

Areia, plantas, araras... No caminho que forma Tropicália, *o observador sente-se capturado. Para Oiticica, esta era a obra mais antropofágica da arte brasileira, pois lhe dava a sensação de estar sendo devorado por ela.*

CONTEXTO HISTÓRICO
O NASCIMENTO DA BOSSA NOVA

João Gilberto, Tom Jobim, Vinicius de Moraes e vários outros músicos que estavam em busca de uma nova forma de tocar o samba criaram, no final dos anos 1950, a Bossa Nova. O novo estilo caracterizava-se por ênfase no violão, um jeito de cantar sem impostação, um andamento diferente e o uso de harmonia sobre a linha melódica. Outra característica importante eram as letras coloquiais, que cantavam a alegria, a beleza das praias e o amor bem resolvido, em contraposição à madrugada, à fossa, à dor de cotovelo que o samba-canção costumava louvar.

Em meados de 1958, foi lançado o disco *Canção do amor demais*, interpretado por Elizete Cardoso, com músicas de Tom Jobim e Vinicius de Moraes. O trabalho era fortemente marcado pelo samba-canção, mas as faixas "Chega de saudade" e "Outra vez" ganharam contornos inovadores graças à participação do músico baiano João Gilberto. Para muitos, porém, foi o compacto simples de João Gilberto com as canções "Chega de saudade" e "Bim-bom", lançado pouco depois, com arranjos de Tom, que estabeleceu, com todas as suas características, o estilo da Bossa Nova. A Bossa Nova foi um grande sucesso internacional, e muitos músicos norte-americanos se apaixonaram e se interessaram por ela. Em 1962 houve um *show* histórico no Carnegie Hall, em Nova York; no mesmo ano João Gilberto gravou com Stan Getz e em 1966 Tom Jobim gravou com Frank Sinatra. A música "Garota de Ipanema" foi uma das mais tocadas do mundo por vários anos.

Capa do compacto *Chega de saudade* de João Gilberto

ARTES GRÁFICAS

Muitos artistas, ao longo da história, contribuíram para o desenvolvimento técnico e estético da comunicação visual. No entanto, no século XX, com a crescente demanda comercial surgiu um profissional específico para fazer esse trabalho: o *designer* gráfico.

A palavra *design*, muito utilizada na atualidade, significa em latim sinal, símbolo, e em inglês tem o sentido de desenhar com um propósito ou projetar. Ela é usada para se referir às diversas modalidades da produção artística voltadas para a vida cotidiana: *design* do objeto, *design* de interiores, *design* gráfico. Os *designers* gráficos desenvolvem mensagens visuais, combinando letras, desenhos, fotografias e outros símbolos nos projetos que fazem para cartazes, embalagens, revistas, marcas de empresas e *sites* para a internet, entre outros.

MODERNISMO E ARTES GRÁFICAS

Os movimentos modernistas que ocorreram na Europa (*ver pág. 6*) tiveram um impacto direto sobre a linguagem gráfica e sobre a forma de comunicação visual que se desenvolveu a partir do início do século XX.

O Cubismo criou novas possibilidades de composição no espaço bidimensional. A poesia futurista de Marinetti revolucionou o uso da tipografia. Os dadaístas e surrealistas lançaram mão de técnicas de colagem e fotomontagem para representar o mundo sem limites da imaginação. Mas as maiores influências sobre o imaginário dos artistas gráficos na sociedade moderna foram exercidas pelo Construtivismo russo e pela escola alemã Bauhaus (*ver pág. 8*).

Os artistas russos exploraram a linguagem do cartaz e as técnicas da impressão com matriz de pedra – chamada litografia – e, através da síntese de imagem e texto, criaram poderosas mensagens visuais que foram usadas em peças publicitárias na época da Revolução Comunista.

A Bauhaus, fundada com a intenção de unir a arte, o artesanato e a indústria, tinha como objetivo formar jovens artistas preparados para trabalhar na sociedade industrial. Eles aprendiam a solucionar as questões envolvidas na construção de uma casa, na fabricação de um objeto ou na composição de um cartaz. Alguns dos professores que ensinaram no laboratório de tipografia e publicidade da escola criaram novos desenhos de letras e fizeram impressões experimentais que são referências para as artes gráficas até os dias de hoje.

Aleksander Rodtchenko

Cartaz feito em 1925 pelo artista russo, misturando fotografia, letras e massas de cores, para divulgar as Edições do Estado de Leningrado.

OS PIONEIROS BRASILEIROS

Os primeiros artistas gráficos brasileiros foram os ilustradores, cartunistas e diagramadores que trabalharam nas revistas de variedades que surgiram em grande número no final do século XIX. Já no início do século XX, revistas cariocas como *O Malho*, *Careta* e *Fon Fon* traziam as imagens satíricas e muito estilizadas de J. Carlos, Paim Vieira e Di Cavalcanti, entre outros. Esses artistas escreviam, diagramavam, produziam anúncios comerciais e faziam charges políticas.

Antônio Paim Vieira (1895-1988) trabalhou desde 1918 nas revistas cariocas *Fon Fon* e *Para Todos* – esta dedicada exclusivamente ao cinema. Em 1922 participou da Semana de Arte Moderna com trabalhos feitos em coautoria com Yan de Almeida Prado.

Foi autor do projeto gráfico e de ilustrações para a revista literária *Ariel*, fundada em 1923, ilustrou a luxuosa edição de *As máscaras*, de Menotti del Picchia, e o romance *Pathé Baby*, de Antônio de Alcântara Machado, entre outros.

Esta ilustração feita por Paim Vieira e publicada na revista Ariel, *em 1924, representa um casal dançando maxixe.*

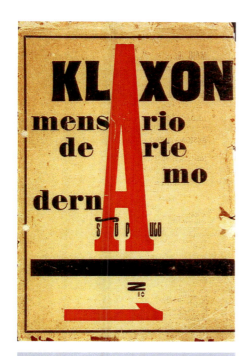

Revista *Klaxon* nº 1

A letra A ocupa toda a capa e, embora seja usada uma única vez, faz parte de todas as palavras. Veja também o número da revista, que é apresentado na horizontal.

AS REVISTAS LITERÁRIAS

Nos anos 1920, houve um aumento do número de revistas e jornais, principalmente os literários, criados para divulgar as novas ideias modernistas.

Fazer uma revista foi a forma encontrada pelos artistas que participaram da Semana de Arte Moderna para continuar divulgando suas ideias (*ver pág. 20*). Em maio de 1922 surgiu o primeiro número da revista *Klaxon*. A palavra *klaxon*, de origem inglesa, significa buzina de automóvel, e assim definia a revista o escritor Menotti del Picchia: "Klaxon é uma buzina literária, fonfonando nas avenidas ruidosas da arte nova...".

Embora tenha sido editada apenas até janeiro de 1923, *Klaxon* apresentou tantas inovações que se tornou um marco nas artes gráficas brasileiras. O aspecto geral da revista era muito original para os padrões da época, e a diagramação, inclusive dos anúncios, era bastante arrojada.

A revista teve repercussão no Brasil e no exterior, e sua equipe, formada por Guilherme de Almeida, Mário de Andrade, Oswald de Andrade e Sérgio Milliet, entre outros, trabalhava como um órgão coletivo, sem hierarquia, em que todos participavam das diversas etapas de realização.

Com letras geometrizadas e um desenho intrigante, a capa do livro de poemas Cobra Norato, *de Raul Bopp, foi feita por Flávio de Carvalho para a primeira edição, em 1931.*

PARCEIROS DE TEXTO E IMAGEM

Na década de 1930, surgiu uma nova geração de romancistas, especialmente os regionalistas, como Graciliano Ramos, Jorge Amado, José Lins do Rego e Rachel de Queiroz. Com as dificuldades de importação de livros durante a Segunda Guerra, houve um desenvolvimento na indústria brasileira e surgiram importantes editoras, como a José Olympio, que publicou os romancistas inovadores do Nordeste.

O ilustrador que marcou essa época foi Tomás Santa Rosa Júnior, ou simplesmente Santa Rosa. Ele fez mais de 200 capas só para a Editora José Olympio, entre elas a de *Vidas secas*, de Graciliano Ramos, a de *Menino de engenho*, de José Lins do Rego, e a de *Cacau*, de Jorge Amado.

Mas muitos dos principais romances da literatura brasileira tiveram ilustrações e capa de artistas modernistas.

Tarsila do Amaral já havia feito a capa de *Memórias sentimentais de João Miramar*, de Oswald de Andrade, em 1924, e Di Cavalcanti concebeu a capa de *Losango cáqui*, de Mário de Andrade, em 1926.

Em 1933, Cícero Dias fez ilustrações para *Casa-grande e senzala*, de Gilberto Freire, e, nos anos 1940, Lasar Segall ilustrou *Poemas negros*, de Jorge de Lima, e o álbum *Mangue*, que reunia poesias de Jorge de Lima, Mário de Andrade e Manuel Bandeira.

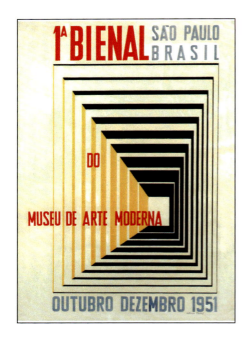

Cartaz para a I Bienal feito por Antônio Maluf, 1951.

DESIGN NOS ANOS 1950

Apesar de todos esses antecedentes, a história das artes gráficas no Brasil começa de fato na década de 1950, com a industrialização, o desenvolvimentismo e o primeiro curso de desenho industrial do Instituto de Arte Contemporânea (IAC), que funcionava no Masp.

O artista gráfico Antônio Maluf teve contato com os novos princípios da arte abstrata no IAC e, influenciado pela estética concreta dos anos 1950, que dava grande ênfase ao uso da geometria e das relações matemáticas, venceu o concurso para o cartaz da I Bienal de São Paulo, em 1951.

No final da década, surgem os dois primeiros escritórios especializados em projetos gráficos e desenvolvimento de identidade empresarial: Forminform, em São Paulo, fundado entre outros por Geraldo de Barros, e PVDI, no Rio de Janeiro, dirigido por Alcísio Magalhães. Essa primeira geração de *designers* estava totalmente imbuída dos ideais do movimento moderno internacional: concisão, limpeza, geometria e a importância da relação da forma com a função.

ALOÍSIO MAGALHÃES

Tomado por esse espírito, o pernambucano Aloísio Magalhães (1927-1982) criou a marca que venceu o concurso para o símbolo das comemorações do IV Centenário da Cidade do Rio de Janeiro, em 1964. O *designer* partiu do símbolo português – a cruz de malta –, que foi girado 45 graus e dessa forma transformado em um 4 repetido quatro vezes, num jogo de espelhamento e rotações. Houve uma polêmica criada pelos que consideravam o símbolo abstrato demais e fora do alcance do entendimento popular, mas o tempo mostrou a eficiência da marca, que foi apropriada e usada pelas pessoas, nas mais inusitadas situações.

Aloísio Magalhães criou, entre outras, as marcas da Fundação Bienal de São Paulo, do Unibanco e da Petrobras, além de realizar o projeto da cédula do cruzeiro novo, em 1966. Em 1963, juntamente com Alexandre Wollner, participou da fundação da Escola Superior de Desenho Industrial (Esdi), no Rio de Janeiro, importante centro de formação de novas gerações de *designers*.

Quatro representações do número 4 fazem a marca do IV Centenário da cidade do Rio de Janeiro, feita em 1964.

"... Vi um garoto de cinco anos desenhando na areia da praia o símbolo de Aloísio. Vinha a onda e acabava com o desenho, mas o garoto insistia em gravar ali a ideia de comemoração que para ele seria outra coisa: talvez uma primeira forma visível de organização do mundo em linhas inteligentes, bonitas de contemplar e fáceis de fazer."

Carlos Drummond de Andrade

POESIA CONCRETA

A amizade entre os poetas Décio Pignatari e os irmãos Haroldo e Augusto de Campos, no final da década de 1940, acabou gerando uma revista, a *Noigandres*. O primeiro número da publicação saiu em 1952 e apresentava novas propostas para o ambiente poético e cultural brasileiro. Eles acreditavam que a poesia precisava tomar um novo rumo, incorporar novas técnicas, absorver os elementos da publicidade, ser mais visual e comunicar-se instantaneamente com o leitor. Queriam uma poesia que tivesse maior proximidade com as artes plásticas e com a música.

Este luxuoso LIXO, todo bordado de LUXO, foi criado por Augusto de Campos em 1965. A relação entre as palavras "luxo" e "lixo" cria um significado que extrapola os limites de forma e conteúdo.

FOTOGRAFIA

Na época em que as primeiras câmeras foram inventadas, em meados do século XIX, acreditava-se que a fotografia não passava de um processo mecânico realizado de forma impessoal por uma máquina. Logo, porém, ficou evidente que elas eram um instrumento a ser manipulado pelo artista, que, combinando processos químicos, físicos, mecânicos, estéticos e psicológicos, cria imagens capazes de transmitir emoções e ideias.

No início do século XIX os cientistas perceberam que alguns tecidos desbotavam com a ação da luz do sol e que certas substâncias, como a prata, ficavam, ao contrário, mais escuras. Esses materiais, chamados de "fotossensíveis", foram associados ao uso de um engenho já conhecido pelos artistas – a câmera escura –, que consiste em uma caixa pintada de preto com um pequeno furo, através do qual a luz penetra, projetando num anteparo a imagem captada. A câmera escura, conhecida desde os tempos da Grécia antiga, era usada pelos artistas na execução de desenhos muito complicados.

Vários pesquisadores estavam empenhados em conseguir fixar as imagens assim obtidas. O primeiro a conseguir sucesso foi Nicéphore Nièpce, em 1826, com uma foto que mostrava uma cena pouco nítida da cidade de Paris.

Em 1839, o francês Louis Jacques Daguerre registrou um invento que batizou de daguerreótipo, que produzia uma imagem única gravada em uma placa de metal. Posteriormente, Fox Talbot criou um processo que permitia realizar cópias de uma mesma imagem. No Brasil, Hercules Florence, um francês radicado na Vila de São Carlos (Campinas), idealizou em 1833 um método para reproduzir impressos por meio fotoquímico. Ele o batizou de *photographie*, termo que empregou pioneiramente.

FOTOGRAFIA E MODERNISMO

No início do século XX, a pintura se afastou da fotografia, centrando seu interesse na abstração e na criação de imagens irreais. No entanto, não demorou para que alguns artistas começassem a explorar os recursos que iriam dissociar também a fotografia da representação da realidade. Alguns fotógrafos das primeiras décadas do século XX experimentaram enquadramentos inusitados, contrastes exagerados, composição com objetos e múltiplas exposições. Foi o artista americano Man Ray, que viveu em Paris e participou do movimento surrealista (*ver pág. 32*), quem realizou a primeira fotografia abstrata. Ele inventou um tipo de fotografia sem câmera, feita no laboratório, que chamou de rayografia (*rayograph*), em que colocava objetos sobre papel fotográfico e os expunha diretamente à luz do ampliador.

Para Man Ray, a fotografia era uma manifestação livre e instintiva, como a escrita automática dos surrealistas.

FOTÓGRAFOS NO MODERNISMO BRASILEIRO

Na Semana de Arte Moderna, em 1922, não foram mostradas fotos ou qualquer experimento cinematográfico, mas, a partir de 1923, a fotografia como registro foi bastante utilizada, especialmente por Mário de Andrade.

MÁRIO DE ANDRADE

Poeta, escritor, crítico literário, teórico de arte, musicólogo e fotógrafo, Mário de Andrade (1893-1945) foi um dos organizadores da Semana de Arte Moderna de 1922, figura central no Modernismo brasileiro, além de estudioso e colecionador da arte e da cultura popular brasileira.

Com sua câmera, batizada de codaque, ele desenvolveu de forma intuitiva uma fotografia arrojada e inovadora. Assinante de uma revista alemã especializada, *Der Querschnitt* (O Corte Vertical), que divulgava trabalhos de fotógrafos europeus e americanos de vanguarda, Mário estava informado das novas possibilidades dessa linguagem. Indo além do simples objetivo de documentar, ele criou imagens intrigantes, capazes de despertar no espectador uma impressão de novidade e estranhamento. Para isso, usava enquadramentos diferenciados, sombras acentuadas, formas e ângulos inusitados.

UM BRASIL VISTO PELOS ESTRANGEIROS

Duas revistas foram importantes no desenvolvimento da linguagem fotográfica brasileira em direção à modernidade: *S. Paulo* e *O Cruzeiro*. A revista *S. Paulo*, publicada mensalmente a partir de 1935, tinha diagramação ousada e valorizava as fotografias, que eram publicadas em páginas duplas e às vezes triplas.

A revista semanal *O Cruzeiro*, criada em 1928, teve seu período áureo entre 1944 e 1960, época em que inaugurou no Brasil a fotografia de reportagem. Faziam parte da equipe de fotógrafos colaboradores da revista, entre outros, dois estrangeiros: Pierre Verger e Marcel Gautherot.

Mário de Andrade
Roupas freudianas, fotografia Refoulenta Refoulement,
Instituto de Estudos Brasileiros (IEB), São Paulo

Esta fotografia de 1927 foi tirada em Fortaleza e faz parte dos vários ensaios feitos por Mário nas regiões Norte e Nordeste do país.

PIERRE VERGER

O francês Pierre Verger (1902-1996) nasceu em uma família abastada. Jovem rebelde, abandonou os estudos aos 17 anos. Em 1932, adquiriu sua primeira máquina fotográfica. Com a morte da mãe, decidiu percorrer o mundo e conhecer lugares distantes de sua realidade cultural. Sua primeira grande viagem foi para o Taiti, onde se dedicou à fotografia por mais de um ano. A partir de então, Verger se profissionalizou, associou-se a agências e saiu pelo mundo para registrar imagens. Viajou durante 12 anos e conheceu Estados Unidos, Japão e Indochina, entre muitos outros lugares.

Depois de ler o romance *Jubiabá*, de Jorge Amado, decidiu conhecer a Bahia. Desembarcou em Salvador em 1946 e no mesmo ano começou a colaborar para a revista *O Cruzeiro*. Encantou-se com a cultura negra e retratou a beleza africana dos homens e mulheres que povoavam as ruas de Salvador. O interesse por suas histórias e tradições levou-o a participar de suas práticas religiosas. A partir de sua iniciação no candomblé, começou as pesquisas sobre o culto africano aos ancestrais. Partiu para o Daomé, na África ocidental, onde encontrou o rito dos orixás em sua formulação original, e produziu imagens que revelam as diferenças e semelhanças dos rituais nos dois países. Os resultados de suas investigações foram publicados em dezenas de livros e artigos sobre o trânsito da cultura negra no Atlântico. Com esses trabalhos, Verger reatou o diálogo entre grupos sociais que tinham sido separados pela escravidão. Em 1989, foi criada em Salvador a Fundação Pierre Verger, que cuida de seu acervo e preserva seu legado.

Com uma maneira pessoal de tratar a luz e o enquadramento clássico, Pierre Verger deixou uma preciosa iconografia sobre as festas religiosas, o carnaval, a religiosidade e especialmente sobre a cultura negra no Brasil.

Pierre Verger
Capoeira: rampa do Mercado Modelo, 1946-52, Fundação Pierre Verger, Salvador

Esta foto, feita a partir do chão, mostra os corpos fortes dos jovens e a simetria dinâmica do jogo de capoeira.

MARCEL GAUTHEROT

Nascido na França, Marcel Gautherot (1910-1996) formou-se em arquitetura e veio para o Brasil em 1940, aos 29 anos. Seu interesse pelo país também fora despertado pela leitura do romance *Jubiabá*, de Jorge Amado. Inicialmente viajou para a Amazônia, onde fotografou a floresta e a vida dos seringueiros. Já morando no Rio de Janeiro realizou trabalhos de documentação fotográfica para o recém-criado Sphan (*ver pág. 34*). Em Minas Gerais, fotografou as obras do escultor Aleijadinho, em Congonhas do Campo, e a arquitetura colonial. Realizou também grandes séries documentais sobre as obras dos mestres da arquitetura moderna brasileira. No final dos anos 1950, a pedido de Oscar Niemeyer, acompanhou a construção de Brasília, onde fez fotos históricas dos processos construtivos e do grande canteiro de obras que se instalou no Planalto Central do Brasil.

Marcel Gautherot
Ministérios em construção, c. 1958-60, Instituto Moreira Salles

Esta foto de Gautherot mostra a estrutura de concreto – pilares, vigas e lages – dos edifícios da Esplanada dos Ministérios, em Brasília.

Amigo de Pierre Verger, que conhecera em Paris, compartilhou com ele algumas viagens pelo país. Ao longo de sua carreira, colaborou em revistas especializadas em arquitetura e em publicações europeias. Marcel Gautherot deixou importante registro de manifestações culturais brasileiras e do patrimônio arquitetônico do país. Com seu olhar apurado e técnico, colaborou para a construção da memória visual do Brasil.

HILDEGARD ROSENTHAL

Nascida na Alemanha, a fotógrafa Hildegard Rosenthal (1913-1990) também chegou ao Brasil no final da década de 1930, e radicou-se em São Paulo. Como correspondente da agência Press Information, tornou-se a primeira mulher a trabalhar como repórter fotográfica no Brasil.

Fotografando mais acentuadamente nos anos 1940 e 1950, a fotógrafa interessou-se pela cidade de São Paulo. Hildegard deixou mais de 3 mil fotografias, que retratam a vida urbana na época: o movimento e a velocidade, o ritmo dos automóveis e dos pesados bondes, o vaivém do cidadão anônimo na multidão e os trabalhadores entretidos em seus afazeres.

Hildegard Rosenthal
Menino vendedor de jornais, 1939,
Instituto Moreira Salles, São Paulo

Temas urbanos, como estes da fotomontagem, eram os favoritos de Hildegard.

GERALDO DE BARROS

O pioneiro nas questões estéticas modernas da fotografia no Brasil foi Geraldo de Barros (*ver pág. 40*). Em 1950, o Masp exibiu seu ensaio *Fotoformas*, que surpreendeu pela experimentação. Com uma força criativa que impressionou até seus contemporâneos, Geraldo de Barros demonstrou que seu objetivo, com a fotografia, não era registrar mas experimentar. Usando técnicas de solarização parcial da imagem, sobreposições e intervenções no negativo – raspagem, desenho, pintura e recorte –, ele retirou da fotografia a sua veracidade documental. Sua inquietação gerou um universo estético singular na arte brasileira e particularmente na fotografia, com uma produção original e criativa sem precedentes.

Geraldo de Barros
Abstração (estação de São Paulo),
1949

Sobrepondo dois negativos diferentes com imagens da cobertura de ferro da Estação da Luz, Geraldo de Barros faz aqui uma interessante construção geométrica.

"[...] A fotografia é para mim um processo de gravura. Defendi esse pensamento quando tentei introduzi-la como categoria artística, na II Bienal Internacional de São Paulo. Acredito também que é no 'erro', na exploração e domínio do acaso, que reside a criação fotográfica. Me preocupei em conhecer a técnica apenas o suficiente para me expressar, sem me deixar levar por excessivos virtuosismos."

Geraldo de Barros

CINEMA

O cinema surgiu junto com o Modernismo, no final do século XIX. Sua forma de narrar histórias através do corte e da montagem, justapondo imagens e sequências, possibilitou uma representação nova do espaço e do tempo, e inspirou vários artistas que revolucionariam as artes plásticas nos primeiros anos do século XX.

Algumas das experiências mais radicais da história do cinema foram feitas na década de 1920, por artistas ligados aos movimentos dadaísta e surrealista (ver pág. 9). Entre as instigantes produções dessa época está *Entreato*, do cineasta René Clair. Criada em 1924, a obra mostra imagens que se sucedem sem nenhuma lógica aparente. Man Ray fez também filmes experimentais em que utilizou a técnica de rayografia (ver pág. 50), colocando alfinetes, botões e tachinhas diretamente sobre a película. Misturando formas abstratas e figurativas em movimento, esses filmes desafiaram a estética tradicional do cinema.

Outro filme que marcou época foi *Um cão andaluz*, feito pelos surrealistas espanhóis Salvador Dalí e Luis Buñuel em 1929. A primeira cena mostra uma navalha cortando um olho em primeiro plano, e depois há outras imagens desconexas e perturbadoras, que parecem ter saído diretamente de nosso inconsciente, como a de dois burros mortos estirados sobre dois pianos de cauda.

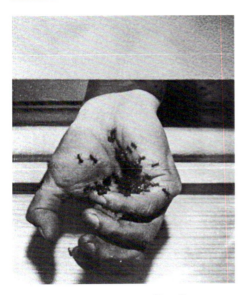

Apesar de apenas 17 minutos, Um cão andaluz *é um dos filmes de maior impacto da história do cinema.*

PRIMEIRAS PRODUÇÕES

Seis meses depois de o cinema ter surgido na Europa, ocorreu a primeira projeção no Brasil, no Rio de Janeiro. E, a partir de 1910, melodramas, filmes épicos, comédias e sátiras políticas já eram produzidos nacionalmente.

Um marco modernista do cinema no Brasil foi o documentário *São Paulo – A symphonia da metrópole*, realizado em 1929 por dois imigrantes húngaros, Adalberto Kemeny e Rodolfo Rex Lustig. O filme pretendia destacar a agitação da metrópole, segundo uma perspectiva futurista (ver pág. 7), mas acaba mostrando uma cidade pacata, em que circulam bondes elétricos, automóveis e pedestres, indústrias entram em funcionamento, vendedores de jornais gritam as manchetes do dia. Com efeitos surpreendentes de trucagens e fusões, o documentário tem letreiros espirituosos e inclui até uma reconstituição do Grito do Ipiranga.

Anúncio de jornal sobre São Paulo – A symphonia da metrópole. *O documentário se inspirou no filme alemão* Berlim – sinfonia da metrópole.

Cena de Limite, *de Mário Peixoto, um dos últimos filmes mudos do cinema brasileiro.*

UM FILME INOVADOR

A vanguarda do cinema brasileiro, no entanto, é representada pelo filme *Limite*, de 1930. *Limite* foi o último grande filme mudo do Brasil, e até hoje é apontado por muitos cineastas como uma das melhores produções brasileiras de todos os tempos.

Realizado por Mário Peixoto aos 22 anos, *Limite* foi o único filme do cineasta. O enredo, sobre três náufragos perdidos no oceano, é aparentemente simples. A obra é considerada um "filme-poema", pois, assim como na poesia, as imagens parecem soltas, mas reunidas ganham um sentido único. Ao contrário das experiências cinematográficas dadaístas e surrealistas, em *Limite* nenhuma cena é aleatória. Propondo uma meditação sobre os limites da existência, com uma bela fotografia e complexas metáforas, o filme é uma peça excepcional na história cinematográfica brasileira.

> "*Limite* é o filme mais radical da vanguarda francesa, que a vanguarda francesa nunca realizou."
>
> Júlio Bressane

UM DIRETOR PIONEIRO

A maior parte da produção cinematográfica no Brasil entre as décadas de 1930 e 1940 consistia em documentários e cineatualidades, uma espécie de revista feita com a linguagem do cinema. Essa produção era sustentada por uma lei que obrigava a exibição de complementos nacionais na apresentação dos filmes estrangeiros, que dominavam totalmente o mercado brasileiro.

Algumas tentativas isoladas de fazer filmes nacionais ocorreram em diversas cidades, dando origem aos chamados "ciclos regionais".

Um dos diretores pioneiros desse período foi Humberto Mauro (1897-1983), que produziu em Cataguases (Minas Gerais) grandes clássicos, como *Brasa dormida*, *Thesouro perdido* e *Sangue mineiro*. Os filmes abordavam temáticas rurais e eram realizados de forma artesanal. Em 1930, instalado no Rio de Janeiro, o cineasta foi trabalhar numa das primeiras indústrias cinematográficas no Brasil: a Cinédia. Lá realizou *Lábios sem beijos*, *Ganga bruta* e *A voz do carnaval*.

Em 1936, com a criação do Instituto Nacional de Cinema Educativo (Ince) pelo ministro da Educação e Saúde, Gustavo Capanema, Humberto Mauro realizou mais de 300 documentários educativos e culturais em curta-metragem.

Cena de Ganga bruta. *O cineasta Glauber Rocha o colocou como "um dos vinte maiores filmes de todos os tempos".*

AS CHANCHADAS

Capa da revista Jornal do Cinema, *trazendo os então maiores astros do cinema nacional: Grande Otelo e Oscarito.*

Tirando partido do som, recém-incorporado ao cinema, os filmes produzidos pela Cinédia, como *A voz do carnaval* e *Alô, alô, carnaval*, traziam nomes importantes da música e do rádio: Carmen Miranda, Dercy Gonçalves, Almirante e Ary Barroso. Misturando circo, carnaval, rádio e teatro, as histórias retratavam o universo de personagens como o malandro, donas de pensão e empregadas domésticas. Com temas bem populares, deram origem ao gênero dominante no cinema brasileiro nos anos que se seguiram: a comédia musical carnavalesca, que ficou conhecida como chanchada.

Com o declínio da Cinédia, surgiu, na década de 1940, a Atlântida. Logo a Atlântida também produzia chanchadas, em sua maioria paródias ao cinema hollywoodiano, estreladas por grandes nomes do teatro de revista, com números musicais e tema carnavalesco. As chanchadas da Atlântida conheceram seu apogeu nos anos 1950, quando foram produzidas obras-primas como *Carnaval da Atlântida*. O filme conta as peripécias de um cineasta que pretendia filmar a história de Helena de Troia no Brasil, mas, percebendo que o país não é o cenário adequado, decide fazer uma fita sobre o carnaval.

O sucesso das chanchadas da Atlântida era resultado do talento de seus diretores, mas, principalmente, de um elenco fixo de comediantes e músicos. Dentre eles destacavam-se os cômicos Oscarito e Grande Otelo, os vilões José Lewgoy e Wilson Grey e os cantores Ângela Maria, Nélson Gonçalves, Cauby Peixoto e Emilinha Borba.

UMA FÁBRICA DE SONHOS

Após o fim da Segunda Guerra Mundial e da ditadura do Estado Novo, São Paulo viveu um momento de efervescência cultural (*ver pág. 36*). Ciccillo Matarazzo, responsável pela criação do MAM de São Paulo e da Bienal Internacional, esteve à frente da fundação do Teatro Brasileiro de Comédia (TBC), juntamente com o empresário Franco Zampari. Os dois amigos resolveram se aventurar na criação de uma companhia cinematográfica, e fundaram, em 1949, a Vera Cruz. A empresa era equipada com as últimas novidades tecnológicas, possuía um quadro de funcionários e colaboradores estrangeiros experientes e contava com a parceria das distribuidoras norte-americanas. Escritores renomados trabalharam nos roteiros de gêneros bem diversificados, que incluíam drama, comédia, policial e aventura. Durante quatro anos, a Vera Cruz realizou 18 filmes de longa-metragem. Eram produções elaboradas, como *Caiçara*, *Tico-tico no fubá* – grandes sucessos de bilheteria – e *Sai da frente*, que lançou o personagem Mazzaropi no cinema. O filme de maior reconhecimento internacional foi *O cangaceiro*, de Lima Barreto, premiado no Festival de Cannes como o melhor filme de aventura de 1953 e que se tornou um sucesso de bilheteria nos Estados Unidos.

Heróis e vilões, amores e traições, perseguições e tiroteios. Um filme western *aclimatado no agreste brasileiro,* O cangaceiro *é uma aventura exótica de Lima Barreto.*

Embora suas produções fossem grande sucesso de público e crítica, a Vera Cruz nunca conseguiu equilibrar suas contas, e logo precisou fazer grandes empréstimos bancários. Os altos custos, a desorganização da produção e a dificuldade de colocação dos filmes no mercado exterior levaram ao fracasso comercial da companhia.

Cartaz de Macunaíma. *Segundo Joaquim Pedro de Andrade, "Macunaíma é um filme, digamos, chocantemente cultural".*

O CINEMA NOVO

Com o fim do sonho industrial, começou uma fase de produções independentes, e os cineastas saíram dos estúdios para flagrar o povo nas ruas. O filme mais importante dessa época foi *Rio, 40 graus*, de Nelson Pereira dos Santos, lançado em 1955. Pela primeira vez, uma produção abordava a sociedade brasileira de forma crítica, num filme gravado na favela, no Rio de Janeiro. Influenciado pelo Neorrealismo italiano, Nelson começou a delinear uma nova proposta para o Brasil, que se estabeleceu com o Cinema Novo.

Além de Nelson Pereira dos Santos, esse movimento reuniu cineastas como o baiano Glauber Rocha, e se tornou o mais denso e produtivo da história do cinema brasileiro.

O principal lema do Cinema Novo era "uma câmara na mão e uma ideia na cabeça", que refletia o olhar documental e improvisado de suas produções. Entre as propostas desses jovens realizadores estava fazer um cinema barato, voltado à realidade brasileira, com uma linguagem adequada à situação social da época. Os temas mais abordados eram ligados ao subdesenvolvimento do país.

Na primeira fase do Cinema Novo os filmes retratavam o cotidiano e a mitologia do Nordeste brasileiro, mostrando os trabalhadores rurais e a miséria da região. Eram abordadas também a marginalização econômica, a fome, a violência, a opressão e a alienação religiosa. Algumas das produções que melhor expressam essa fase são os filmes *Vidas secas*, de 1963, de Nelson Pereira dos Santos, e *Deus e o diabo na terra do sol*, de 1964, de Glauber Rocha. Na segunda fase do Cinema Novo, depois do golpe militar de 1964 (*ver pág. 42*), os cineastas se concentraram em temas políticos, mostrando os equívocos da estratégia desenvolvimentista e principalmente da ditadura militar. O filme mais importante dessa fase é *Terra em transe*, feito em 1967 por Glauber Rocha, que conquistou dois prêmios no Festival de Cannes.

A terceira e última fase do Cinema Novo foi influenciada pelo *Tropicalismo* (*ver pág. 45*), que retomou algumas das propostas do movimento antropofágico. Em 1969, o cineasta Joaquim Pedro de Andrade realizou *Macunaíma*, a partir da história criada pelo escritor Mário de Andrade. No filme, uma das grandes figuras da chanchada, Grande Otelo, representa Macunaíma, o herói sem nenhum caráter.

Grande parte das produções do Cinema Novo fracassou comercialmente. Com a repressão política e a censura do governo militar, diversos cineastas se exilaram e o movimento se dispersou.

> "Um cinema do povo, para o povo e feito pelo povo."
> **Glauber Rocha**

ARQUITETURA

As novas tecnologias desenvolvidas no final do século XIX e a utilização de materiais como ferro, vidro e concreto armado possibilitaram aos arquitetos modernos inventar novas formas de construir.

O concreto armado foi usado como elemento fundamental para expressar uma nova linguagem arquitetônica na Casa Dom-Ino, projetada em 1914 pelo arquiteto suíço Le Corbusier (1887-1965). Utilizando esse material, era possível sustentar a cobertura sobre pilares, deixando as paredes livres – a estrutura do edifício tornava-se independente das paredes.

Para Le Corbusier, que tinha afinidade com as ideias socialistas utópicas, o concreto armado era a solução mais adequada para o problema da moradia popular.

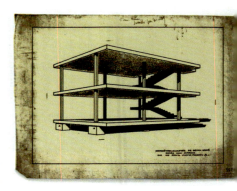

Planta livre: no sistema Dom-Ino – ou "casa dominó" – os espaços internos eram distribuídos livremente.

A BAUHAUS

A ideia de uma arquitetura elementar – com formas simples, econômicas e funcionais – também foi defendida pela escola alemã Bauhaus (*ver pág. 8*), fundada em 1919 pelo arquiteto Walter Groupius. Segundo seus princípios, a forma deveria ser decorrência do método de produção, do material utilizado e da função que teria o espaço projetado. Na Bauhaus, foram pensadas e colocadas em prática algumas ideias fundamentais da arquitetura moderna, como a importância do posicionamento da construção em relação à luz do sol, a busca de soluções econômicas e o desenvolvimento da industrialização da construção, que permitiria a fabricação de casas em série.

MODERNISMO E ARQUITETURA NO BRASIL

Os arquitetos que participaram da Semana de Arte Moderna em 1922 apresentaram trabalhos ainda ligados à arquitetura eclética, que misturava motivos pré-colombianos e neocoloniais. Somente em 1925 o arquiteto russo radicado no Brasil Gregori Warchavchik (1896-1972) publicou o manifesto "Acerca da arquitetura moderna".

Em 1928, enfrentando obstáculos culturais e técnicos, Warchavchik conseguiu realizar sua primeira construção moderna em São Paulo. A polêmica que o projeto causou na imprensa chamou a atenção dos intelectuais de vanguarda, que se mobilizaram para fazer da inauguração de sua segunda casa, em 1930, um verdadeiro evento modernista.

Construída no bairro do Pacaembu, com mobiliário também projetado por Warchavchik, obras dos artistas modernistas e tapetes da Bauhaus, a casa da Rua Itápolis, aberta à visitação, conseguiu divulgar as novas tendências para o grande público.

Em 1932, Warchavchik se associou a Lúcio Costa, montando um escritório que foi responsável por algumas obras pioneiras da arquitetura moderna brasileira, como o conjunto de casas operárias de Gamboa, no Rio de Janeiro.

Inauguração da casa modernista da Rua Itápolis, em 1929.

> "... a beleza da fachada tem que resultar da racionalidade do plano da disposição interior, como a forma da máquina é determinada pelo mecanismo que é a sua alma."
>
> Gregori Warchavchik

LE CORBUSIER NO BRASIL

Le Corbusier visitou o Brasil em 1929, e desde então Lúcio Costa (1902-1998) ficou muito interessado em suas propostas, que aproximavam as soluções arquitetônicas e urbanísticas das demandas do movimento social.

Em 1935, o governo de Getúlio Vargas abriu um concurso público para a construção da sede do Ministério da Educação e Saúde. Insatisfeito com o projeto vencedor, o ministro Gustavo Capanema pagou o prêmio, mas convidou Lúcio Costa a apresentar outra proposta. O arquiteto montou uma equipe com os colegas de tendência moderna que haviam participado do concurso e sugeriu que Le Corbusier fosse o consultor do projeto. Assim, em 1936, Le Corbusier voltou ao Rio de Janeiro, onde permaneceu por seis semanas, fazendo conferências e participando ativamente dos projetos do edifício do ministério e da Cidade Universitária.

O edifício do Ministério da Educação e Saúde, atual Palácio Capanema, no centro do Rio de Janeiro.

O edifício do Ministério da Educação e Saúde se tornou um símbolo da arquitetura moderna, com um volume de 14 andares sustentado por pilotis (pilares que elevam a construção e liberam o terreno para o uso de atividades comuns), planta livre (sem paredes estruturais), brises de proteção solar (chapas metálicas que protegem o edifício no lado em que há maior insolação) e fachada de vidro na face sul. A interação entre arte e arquitetura também está presente no belo projeto paisagístico de Burle Marx e nos afrescos e murais de azulejos feitos por Candido Portinari. Foi a partir dessa experiência que arquitetos brasileiros como Affonso Reidy e Oscar Niemeyer desenvolveram com muita elegância a linguagem que marcou a nossa arquitetura moderna.

> *"Esses jovens brasileiros conseguiram fazer um edifício deste porte baseados nos meus princípios, o que até agora ainda não consegui."*
>
> **Le Corbusier, sobre o edifício do Ministério da Educação e Saúde**

A Igreja de São Francisco de Assis é considerada um dos ícones da arquitetura moderna brasileira.

UMA ARQUITETURA BRASILEIRA

Oscar Niemeyer (1907) é o arquiteto moderno brasileiro de maior renome internacional. Em 1939, foi convidado por Lúcio Costa a auxiliá-lo no projeto do Pavilhão Brasileiro na Feira Internacional de Nova York. Considerado um dos mais elegantes pavilhões do evento, o espaço brasileiro surpreendeu pela leveza da estrutura e pela utilização de formas curvas.

Em 1940, o prefeito de Belo Horizonte, Juscelino Kubitschek, encomendou a Oscar Niemeyer o projeto do Conjunto da Pampulha, que incluía várias edificações. O arquiteto solucionou cada uma delas com formas bem diferentes, mas foi na pequena Igreja de São Francisco de Assis que rompeu definitivamente com a estrutura de pilares e laje. Explorando a potencialidade plástica do concreto armado, ele criou um edifício onde não há diferença entre parede e cobertura, abandonando assim a ortodoxia do funcionalismo e a monotonia das estruturas retilíneas. Nessa obra, ficou evidente a superação da linguagem de Le Corbusier pela arquitetura moderna brasileira.

> *"Nos ensina a sonhar*
> *mesmo se lidamos*
> *com matéria dura:*
> *o ferro o cimento a fome*
> *da humana arquitetura*
> *[...]*
> *Oscar nos ensina*
> *Que a beleza é leve"*
>
> **Ferreira Gullar**

LINGUAGEM BRASILEIRA

O impacto no Brasil e no exterior dessas obras contribuiu para a afirmação da nova linguagem da arquitetura brasileira. Na segunda metade dos anos 1940 e início dos anos 1950, com o ritmo de crescimento das principais cidades brasileiras e o fortalecimento econômico de São Paulo, o Brasil tornou-se um atrativo campo de trabalho para uma nova leva de imigrantes da Europa do pós-guerra, como a arquiteta italiana Lina Bo Bardi (1914-1992).

Residência de Pietro e Lina Bo Bardi – a Casa de Vidro, onde funciona hoje o Instituto Lina Bo e Pietro Maria Bardi.

Formada pela Faculdade de Arquitetura da Universidade de Roma, Lina casou-se com Pietro Maria Bardi logo após o final da Segunda Guerra e veio para o Brasil. No Rio de Janeiro, o casal conheceu Lúcio Costa, Oscar Niemeyer, Burle Marx e Assis Chateaubriand, que convidou Bardi a fundar e dirigir o Masp (*ver pág. 36*). Lina trabalhou na concepção das primeiras instalações do museu, na sede dos *Diários Associados*, e em 1958 projetou o edifício da Avenida Paulista. Em 1948 ela montou o Studio Palma, responsável pela criação das primeiras cadeiras de *design* moderno no Brasil. Em 1951 a arquiteta se naturalizou brasileira e no mesmo ano foi concluída a construção da Casa de Vidro, a primeira residência do bairro do Morumbi, onde existe hoje uma reserva de mata atlântica tombada e funciona o Instituto Lina Bo e Pietro Maria Bardi.

No final dos anos 1950, Lina Bo Bardi viveu por alguns anos na Bahia. Lá montou o primeiro Museu de Arte Popular do Brasil, em Salvador, e colaborou em diversos eventos culturais, que fomentaram o clima propício para o surgimento do Cinema Novo nos anos 1960 e posteriormente do *Tropicalismo* (*ver pág. 45*).

PROJETOS URBANÍSTICOS

Nos anos 1950, dois grandes projetos urbanísticos foram implantados em São Paulo e no Rio de Janeiro. Em 1953, Niemeyer foi convidado por Ciccillo Matarazzo a construir o complexo do Ibirapuera, concebido para a comemoração do IV Centenário de São Paulo (*ver pág. 37*). O arquiteto projetou entre os blocos de exposição uma elegante marquise, que atravessa os jardins e liga os principais edifícios. O conjunto teve projeto paisagístico de Burle Marx, que acentuou em sua proposta o aspecto curvilíneo do parque.

No Rio de Janeiro, a praia do Flamengo foi aterrada, propiciando à cidade um imenso parque linear costeiro, que reuniu três projetos paisagísticos de Burle Marx: a Praça Salgado Filho, em frente ao Aeroporto Santos Dumont, onde o paisagista dispôs espécies de todo o Brasil, oferecendo aos turistas recém-chegados a visão de uma pequena coleção da flora nativa; o jardim que circunda o MAM do Rio de Janeiro (*ver pág. 37*), que surpreende pelo emprego de linhas retas e canteiros ortogonais; e por fim o Parque Brigadeiro Eduardo Gomes, onde Burle Marx demonstrou sua habilidade para lidar com a escala urbana, criando um jardim em que se articulam as experiências do particular e do todo, dos recantos e da vista abrangente.

Projeto paisagístico do Aterro do Flamengo, feito por Burle Marx.

BRASÍLIA

A ideia de construir uma nova capital no centro geográfico do país foi proposta inicialmente durante a Inconfidência Mineira, e estava presente na Constituição republicana de 1891. Mas foi o otimismo desenvolvimentista dos anos 1950, que chegou ao auge com a eleição de Juscelino Kubitschek para a presidência em 1956, que propiciou a realização do antigo projeto nacional (*ver pág. 38*).

O projeto vencedor para a construção da nova capital, de Lúcio Costa, inspirou-se na forma de um avião. São dois eixos que se cruzam: o monumental (leste-oeste), em cuja extremidade menor estão os edifícios do governo, instalados na Praça dos Três Poderes e na Esplanada dos Ministérios, e o residencial (norte-sul), ao longo do qual estão as superquadras destinadas a moradias. A proposta definia a ocupação do espaço e as vias de circulação, separando o trânsito motorizado e mais pesado do tráfego local e de pedestres.

Juscelino Kubitschek convidou Niemeyer a projetar os prédios públicos de Brasília.

Evitando a monotonia das soluções ortogonais da arquitetura moderna, Niemeyer criou elementos novos e diferentes, que suscitavam um sentimento de surpresa e emoção. Dentre os diversos projetos feitos pelo arquiteto para a cidade, destacam-se o Palácio da Alvorada, a Catedral de Brasília e o Palácio do Itamaraty.

Embora não tenha havido um planejamento paisagístico para a cidade, Burle Marx realizou projetos para alguns edifícios, após a inauguração da capital, entre eles o do Palácio Itamaraty, o do Ministério do Exército e o do Tribunal de Contas da União. Utilizando espelhos-d'água, cascatas e lagos, conseguiu realizar jardins exuberantes no clima seco da região do cerrado.

Inaugurada em 1960, Brasília foi tombada pela Unesco como Patrimônio da Humanidade.

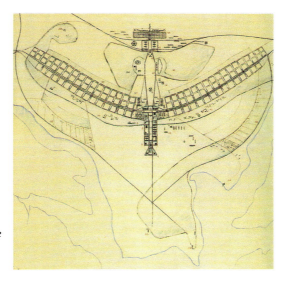

Anteprojeto feito por Lúcio Costa entre 1956 e 1957 para o concurso do plano piloto de Brasília.

"*Uma cidade que sendo monumental é também cômoda, acolhedora e íntima.*"

Lúcio Costa, sobre Brasília

GLOSSÁRIO

abstração, abstrata: que não representa a realidade visível, não figurativa.

academicismo, acadêmico: mentalidade de quem defende os princípios da academia; artistas que rejeitavam as novas formas de expressão e mantinham-se presos às normas de representação realista da academia.

afresco: método de pintura aplicada em paredes e tetos que consiste em pintar sobre camada de revestimento recente, ainda úmido, de nata de cal, gesso ou outro material apropriado, de modo a possibilitar o embebimento da tinta.

arte cinética: arte que explora o movimento. Os artistas que fazem arte cinética criam máquinas e esculturas que podem se mover com vento, água etc.

arte popular: arte feita por artistas que não têm formação artística, e que desenvolvem seu trabalho a partir de técnicas tradicionais, passadas de pai para filho em comunidades rurais e regiões periféricas.

arte primitiva: arte feita por culturas primitivas, que não têm nenhum sistema de escrita.

autodidata: pessoa que aprendeu por si, sem auxílio de professores.

Barroco: arte que se desenvolveu a partir do século XVII na Europa. Fortemente ligada ao catolicismo, valoriza e busca expressar as emoções humanas.

caricatura: desenho que, pelo traço e pela escolha de detalhes, acentua ou revela aspectos ridículos das pessoas ou fatos para torná-los engraçados.

cenógrafo: artista que projeta e dirige a execução de cenários.

charges: caricatura em que se satiriza um fato específico, em geral de caráter político, e que é publicada em jornais e revistas.

colagem: composição elaborada a partir da utilização de materiais superpostos ou colocados lado a lado.

construtiva: feita com elementos geométricos.

Construtivismo russo: movimento de vanguarda cuja principal ideia era a defesa da arte social, isto é, a arte feita para o povo. Por isso teve importante papel na divulgação dos ideais socialistas da Revolução Russa de 1917. Caracterizou-se sobretudo pelo uso de formas geométricas, cores puras e fotomontagens.

cores opostas: cores que se posicionam de forma oposta no círculo das cores e que, por não terem nenhum elemento em comum, se neutralizam quando misturadas, gerando tons acinzentados.

curador: responsável pela escolha das obras e dos artistas na organização de uma exposição ou acervo.

designer: pessoa que projeta móveis, objetos e material gráfico.

diagramação: disposição dos espaços a serem ocupados pelos elementos – textos, títulos, ilustrações, fotografias, legendas etc. – de um livro, jornal, cartaz, anúncio etc.

enquadramento: escolha da imagem exata que deve entrar em quadro, em fotografia, cinema e vídeo.

experiências sensoriais: experiências que despertam as sensações humanas.

formas modulares: formas planejadas para se repetir e se encaixar.

fotomontagem: arte de recortar e colar negativos fotográficos, produzindo uma nova fotografia com outro sentido.

fusão: ato de fundir, unir ou sobrepor com transparência duas imagens.

instalação: obra tridimensional concebida e montada para ocupar uma área num determinado espaço, e que pode ser vivenciada pelo público.

litografia: imagem feita com lápis à base de óleo sobre matriz de pedra calcária, que depois de entintada pode ser impressa sobre papel.

marchand: indivíduo que negocia objetos de arte.

musicólogo: pessoa que estuda aspectos da música que não se referem propriamente à composição e à execução, tais como a investigação histórica, a estética, a pedagogia, a rítmica e a métrica, as teorias harmônicas e o folclore.

natureza-morta: gênero de pintura em que se representam coisas ou seres inanimados, como objetos, frutas, legumes e animais mortos.

obras ambientais: obras que ocupam um ambiente e que podem ser penetradas pelo público.

ortogonais: linhas retas que se cruzam formando ângulos retos.

performance: obra de caráter imaterial e efêmero. Uma ação artística inspirada nas artes cênicas e que pode incluir dança, música, poesia, projeções ou interatividade com o público.

perspectiva: arte de representar os objetos sobre um plano simulando características tridimensionais, isto é, a profundidade.

pintura decorativa: pintura feita para ornamentar as paredes de palacetes no século XIX.

pintura muralista: pintura feita diretamente em grandes paredes ou painéis.

Renascimento: movimento artístico que surgiu na Itália no final do século XIV e revalorizou os princípios da arte greco-romana.

solarização: fenômeno que consiste na transformação de um negativo em positivo, e que pode ocorrer quando há uma superexposição à luz.

tipografia: arte de trabalhar as qualidades visuais de um texto. Compreende a criação de desenhos para as letras, a composição dos textos e os cuidados com a impressão, de modo a obter um produto gráfico adequado, legível e agradável.

trucagem: efeito de redução, ampliação, recorte etc. feito em imagens filmadas.

vanguarda: a parcela mais consciente e combativa, ou de ideias mais avançadas, de qualquer grupo social.

xilogravura: imagem escavada em matriz de madeira que, depois de entintada, pode ser impressa sobre papel.

MODERNISMO
NO BRASIL

PANORAMA DAS ARTES VISUAIS

BEÁ MEIRA

Nome

Ano   Escola

Depois de acompanhar a história da arte na primeira metade do século XX no Brasil, e entrar em contato com tantos artistas brasileiros e estrangeiros e suas produções, vamos olhar com atenção para esses trabalhos, pensar e fazer leituras visuais. Depois vamos vivenciar as práticas artísticas, desenhando, pintando e construindo objetos.

ARTE PARA REFLETIR

1. A pintura *Les demoiselles d'Avignon*, feita por Picasso em 1907, foi um marco na história da arte moderna. Nela, Picasso representou a figura humana de uma forma inovadora e bem pouco semelhante à realidade. Procure no livro, entre as obras dos artistas brasileiros, pelo menos três pinturas em que a representação da figura humana não corresponde exatamente ao que vemos no mundo real.

_____

_____

_____

_____

2. A biografia dos artistas Oswaldo Goeldi e Alberto da Veiga Guignard apresenta alguns pontos em comum: foram criados fora do Brasil, eram tipos solitários, viveram na mesma época, morreram com a mesma idade. No entanto, tinham personalidades bem diferentes e produziram trabalhos muito diversos. Compare a pintura *Jardim tropical*, de Goeldi, e *Os noivos*, de Guignard, reproduzidas nas páginas 26 e 27 do livro, e aponte as semelhanças e diferenças entre elas.

_____

_____

_____

_____

_____

3. Como o Masp, Museu de Arte de São Paulo, conquistou seu valioso acervo? Pesquise no *site* do museu algumas das obras e dos artistas mais importantes de sua coleção.

4. Olhe com atenção todas as obras de artistas brasileiros reproduzidas neste livro e diga de qual você mais gostou. Justifique sua escolha.

5. Palavras cruzadas.

			M						
1			O						
2		3	D						
4			E						
	5		R						
6			N						
7			I						
8			S						
9			M						
10			O						

1. Movimento cinematográfico brasileiro que surgiu nos anos 1950 e tinha Glauber Rocha como uma de suas figuras centrais.
2. Nome de um movimento artístico criado por Oswald de Andrade, e que significa "canibalismo".
3. Movimento artístico surgido na Suíça durante a Primeira Guerra Mundial, que proclamou a antiarte.
4. Movimento artístico que se interessou por desvendar o inconsciente e o mundo dos sonhos.
5. Cidade projetada por arquitetos e urbanistas modernos brasileiros.
6. Movimento artístico que surgiu em São Paulo no início dos anos 1950 e defendia o uso da linguagem geométrica.
7. Movimento artístico fundado por Picasso na primeira década do século XX em Paris.
8. Diz-se de uma pintura não figurativa.
9. Sociedade Pró-Arte Moderna.
10. Nome da revista publicada pelos artistas que participaram da Semana de Arte Moderna de 1922.

ARTE PARA FAZER

ATIVIDADE 1 – NÃO TE ESQUEÇAS NUNCA QUE EU VENHO DOS TRÓPICOS

As obras dos artistas surrealistas representavam situações oníricas. A brasileira Maria Martins criou esculturas fantásticas, que sugerem formas vivas, com nomes interessantes, como a que está representada neste livro: *Não te esqueças nunca que eu venho dos trópicos*. Use lápis de cor e canetas hidrocor para criar uma imagem que expresse o seu entendimento dessa ideia. Você pode usar o espaço abaixo ou uma folha à parte.

ATIVIDADE 2 – CONSTRUÇÕES GEOMÉTRICAS

Os artistas concretos produziram pinturas usando formas geométricas e criando ritmos variados. Para experimentar essa forma abstrata de fazer uma composição, você vai precisar de três ou quatro cores de papel colorido. Escolha cores que tenham alguma relação entre si, como na pintura *Faixas ritmadas*, de Ivan Serpa. Por exemplo, a mesma cor num tom mais claro e num mais escuro e uma cor bem contrastante. Depois, defina uma forma geométrica para trabalhar. Pode ser um quadrado, um triângulo, um círculo ou qualquer outra. Desenhe com precisão a mesma forma nos três papéis, várias vezes. Você pode fazer variações de tamanho. Recorte então os elementos e experimente uma montagem sobre uma folha branca de papel A4. Veja como ficam os elementos alinhados, sobrepostos, intercalados, e só cole quando ficar satisfeito com o arranjo.

ATIVIDADE 3 – A FIGURA HUMANA

Muitas das pinturas importantes do modernismo brasileiro representam a figura humana. Algumas vezes ela aparece com proporções exageradas e expressão retorcida, como no *Abaporu*, de Tarsila do Amaral, e em *A boba*, de Anita Malfatti. Outras vezes elas são fruto de um gesto solto, como no desenho de Pagu e na *Mulher deitada*, de Flávio de Carvalho. A figura humana é o tema da pintura clássica de Ado Malagoli e da pintura geometrizada de Portinari. Até Ismael Nery a usou para representar suas ideias filosóficas. Através da figura humana podemos representar sentimentos, emoções, contar histórias ou simplesmente retratar situações. Para experimentar essas possibilidades, faça algumas representações do corpo.

Com uma fita métrica, tire as medidas do seu corpo – cabeça, tronco, pernas, braços, mãos e pés –, anote e observe qual a relação de tamanho entre as partes. Depois, com um lápis 6b, numa folha A4, na horizontal, faça um desenho do corpo bem à esquerda: cabeça, pescoço, ombro, braços, mãos, tronco, pernas, pés. Veja o que não ficou bom e repita o desenho ao lado. Avalie esse segundo desenho e tente novamente. Faça pelo menos 3 desenhos na folha.

Para fazer uma representação mais solta, use tinta guache, uma folha A4 de papel canson e pincéis redondos nº 6 e nº 12. Você vai precisar também de potinhos para misturar as cores e preparar os tons antes de começar. Depois, use o pincel mais fino para pintar a figura. Inclua as mãos e os pés mesmo que você não consiga fazer todos os dedos. Para finalizar, escolha uma cor para o fundo e pinte usando o pincel mais grosso.

ACERVOS

Veja a seguir alguns museus e outras instituições brasileiras, onde você poderá conhecer as obras citadas e reproduzidas no livro. Visitar um desses espaços é a oportunidade de ampliar seu repertório e descobrir outras obras e artistas. Caso você não possa ir pessoalmente, muitos desses museus possuem *sites*.

São Paulo
MASP – Museu de Arte de São Paulo
Assis Chateaubriand
Av. Paulista, 1578
Tel.: (11) 3251-5644
masp.art.br

MAC – Museu de Arte Contemporânea
da Universidade de São Paulo
Rua da Praça do Relógio, 160
Tel.: (11) 3091-3039
www.mac.usp.br

MAM – Museu de Arte Moderna
de São Paulo
Parque do Ibirapuera, portão 3 - s/n
Tel.: (11) 5585-1300
www.mam.org.br

Pinacoteca do Estado
Praça da Luz, 2
Tel.: (11) 3324-1000
www.pinacoteca.org.br

MIS – Museu da Imagem e do Som
Av. Europa, 158
Tel.: (11) 2117-4777
www.mis-sp.gov.br

Bienal de São Paulo
Parque do Ibirapuera, Portão 3
Tel.: (11) 5576-7600
www.fbsp.org.br

Memorial do Imigrante
Rua Visconde de Parnaíba, 1316
Tel.: (11) 2692-1866
www.memorialdoimigrante.org.br

Museu Lasar Segall
Rua Berta, 111
Tel.: (11) 5572-3586
www.museusegall.org.br

Instituto Pietro Maria e Lina Bo Bardi
Rua General Almério de Moura, 200
Tel.: (11) 3744-9902/9830
www.institutobardi.com.br

Rio de Janeiro
MNBA – Museu Nacional de Belas-Artes
Av. Rio Branco, 199
Tel.: (21) 2219-8474
www.mnba.gov.br

MAM – Museu de Arte Moderna
do Rio de Janeiro
Av. Infante Dom Henrique, 85
Tel.: (21) 2240-4944
www.mamrio.com.br

Museu Chácara do Céu
Rua Murtinho Nobre, 93
Tel.: (21) 2224-8981
www.museuscastromaya.com.br

Museu do Açude
Estrada do Açude, 764
Tel.: (21) 3433-4990
www.museuscastromaya.com.br

Museu do Forte de Copacabana
Praça Coronel Eugênio Franco, 1
Tel.: (21) 2521-1032

Museu Carmen Miranda
Rua Rui Barbosa (em frente ao nº 560)
Tel.: (21) 2299-5586

MIS – Museu da Imagem e do Som
Rua Visconde de Maranguape, 15
Tel.: (21) 2332-9509/9507/9511
www.mis.rj.gov.br

Palácio Capanema
Rua da Imprensa, 16
Tel.: (21) 2240-3344

Casa das Canoas
Estrada das Canoas, 1246
Tel.: (21) 3322-0642
www.casadascanoas.com.br

Salvador
MAM – Museu de Arte Moderna da Bahia
Av. Contorno, s/n - Solar do Unhão
Tel.: (71) 3117-6139
www.mam.ba.gov.br

Fundação Pierre Verger
2ª Travessa da Ladeira da Vila América, 6
Tel.: (71) 3203-8400
www.pierreverger.org

Belo Horizonte
MAP – Museu de Arte
da Pampulha
Av. Otacílio Negrão de Lima, 16585
Tel.: (31) 3277-7946

Porto Alegre
MARGS – Museu de Arte do Rio Grande
do Sul Ado Malagoli
Praça da Alfândega, s/n
Tel.: (51) 3227-2311
www.margs.rs.gov.br

Recife
Mamam – Museu de Arte Moderna
Aluísio Magalhães
Rua da Aurora, 265
Tel.: (81) 3355-6870
www.mamam.art.br

Curitiba
Museu Oscar Niemeyer
Rua Marechal Hermes, 999
Tel.: (41) 3350-4400
www.museuoscarniemeyer.org.br/

Belém
Museu Paraense Emilio Goeldi
Av. Magalhães Barata, 376
Tel.: (91) 3219-3300
www.museu-goeldi.br

Brasília
Espaço Oscar Niemeyer
Praça dos Três Poderes, Lote J
Tel.: (61) 2226-6797

ÍNDICE REMISSIVO

Artistas e obras reproduzidas

A

Abaporu (Tarsila do Amaral) — 22
Abstração (Geraldo de Barros) — 53
Acrobatas (Candido Portinari) — 35
Albuquerque, Georgina de — 12
Aldeia russa (Lasar Segall) — 14
Almeida, Belmiro de — 12, 16
Almeida, Guilherme de — 16, 17, 47
Amaral, Tarsila do — 20, 21, 22, 23, 24, 25, 48
Andrade, Carlos Drummond de (citações) — 27, 35, 49
Andrade, Joaquim Pedro de — 57
Andrade, Mário de — 15, 16, 19, 20, 21, 24, 30, 47, 48, 51
Andrade, Oswald de — 15, 16, 17, 19, 20, 22, 23, 24, 25, 47, 48
Aranha, Graça — 16
Atirador de arco, O (Vicente do Rego Monteiro) — 18
Autorretrato em três posições (Eliseu Visconti) — 10

B

Bandeira, Manuel — 16, 48
Bardi, Lina Bo — 36, 42, 60
Bardi, Pietro Maria — 36, 60
Barros, Geraldo de — 39, 40, 48, 53
Bill, Max — 38, 40, 44
Boba, A (Anita Malfatti) — 15
Bonadei, Aldo — 30, 31
Brancusi, Constantin — 20, 24
Braque, Georges — 7
Brecheret, Victor — 15, 16, 19, 24
Breton, André — 32, 33
Breuer, Marcel — 8
Buñuel, Luis — 32, 54

C

Cadeira Vassili (Marcel Breuer) — 8
Café (Candido Portinari) — 34
Calder, Alexander — 38
Cangaceiro, O (Lima Barreto) — 56
Cão andaluz, Um (Salvador Dalí e Luis Buñuel) — 54
Campos, Augusto de — 43, 49
Campos, Haroldo de — 43, 49
Cangaceiro (Aldemir Martins) — 37
Capoeira: rampa do Mercado Modelo (Pierre Verger) — 52
Carvalho, Flávio de — 23, 25, 26, 48
Carvalho, Ronald de — 16, 18, 26
Castro, Amílcar de — 27, 43
Chagall, Marc — 33
Chateaubriand, Francisco de Assis — 36, 37, 60
Clair, René — 54
Clark, Lygia — 27, 41, 42, 43
Composição em azul, cinzento e rosa (Piet Mondrian) — 8
Cordeiro, Waldemar — 27, 39
Costa, Lúcio — 24, 58, 59, 60, 61

D

Dacosta, Milton — 28, 29
Dalí, Salvador — 32, 54
De Chirico, Giorgio — 32
Del Picchia, Menotti — 16, 17, 19, 20, 47
Di Cavalcanti, Emiliano — 15, 16, 18, 25, 26, 47, 48
Dia de verão (Georgina de Albuquerque) — 12
Dias, Cícero — 32, 33, 48
Dubugras, Victor — 13
Duchamp, Marcel — 9, 33

E

Encontro tumultuado (Filippo Marinetti) — 7
Enigma de um dia, O (Giorgio de Chirico) — 24
Ernst, Max — 32, 33
Essencialismo (Ismael Nery) — 33
Estação de Mairinque (Victor Dubugras) — 13

F

Faixas ritmadas (Ivan Serpa) — 41, 44
Fonte (Marcel Duchamp) — 9

G

Ganga bruta (Humberto Mauro) — 55
Gautherot, Marcel — 51, 52, 53
Goeldi, Oswaldo — 26
Gomide, Antônio — 25
Graciano, Clóvis — 30
Groupius, Walter — 8, 58
Guignard, Alberto da Veiga — 26, 27, 33, 44
Gullar, Ferreira (citações) — 41, 43, 59

I

Interior de atelier (Aldo Bonadei) — 31

J

Jardim tropical (Oswaldo Goeldi) — 26

K

Kandinsky, Vassili — 8
Klee, Paul — 8

L

Le Corbusier — 24, 58, 59
Léger, Fernand — 18, 20, 24
Les demoiselles d'Avignon (Pablo Picasso) — 6
Lima, Jorge de — 32, 48
Lima, Maurício Nogueira — 39
Limite (Mário Peixoto) — 55

M

Macunaíma (Joaquim Pedro de Andrade) — 57
Magalhães, Aloísio — 48, 49
Magritte, René — 32
Malagoli, Ado — 28, 29
Malfatti, Anita — 14, 15, 16, 20, 23, 24
Maluf, Antônio — 48
Marinetti, Filippo — 7, 46
Martins, Maria — 32, 33
Marx, Burle — 59, 60, 61
Mauro, Humberto — 55
Menino vendedor de jornais (Hildegard Rosenthal) — 53
Milliet, Sérgio — 39, 47
Miró, Joan — 18, 32
Mondrian, Piet — 8
Monteiro, Vicente do Rego — 16, 18
Mulheres em círculos (Belmiro de Almeida) — 12

N

Não te esqueças nunca que eu venho dos trópicos (Maria Martins) — 33
Nery, Ismael — 32, 33
Niemeyer, Oscar — 35, 37, 42, 52, 59, 60, 61
Nu feminino (Ado Malagoli) — 29
Nu feminino deitado (Flávio de Carvalho) — 26

O

Oiticica, Hélio — 41, 42, 44, 45
Os noivos (Alberto da Veiga Guignard) — 27
Osir, Paulo Rossi — 30
Oswald de Andrade (Tarsila do Amaral) — 21

P

Pagu (Patrícia Galvão) — 23, 24
Palatnik, Abraham — 41
Pancetti, José — 28
Pape, Lygia — 41, 43
Pennacchi, Fúlvio — 30
Picasso, Pablo — 6, 7, 18, 24, 29, 33, 37
Pignatari, Décio — 43, 49
Portinari, Candido — 34, 35, 59
Prado, Paulo — 16, 20

R

Ramos, Graciliano — 48
Ray, Man — 32, 50, 54
Rebolo, Francisco — 30
Reidy, Affonso — 37, 59
Ritual: lavagem das escadarias Igreja Nosso Senhor do Bonfim (Marcel Gautherot) — 52
Rocha, Glauber — 57
Rodtchenko, Aleksander — 46
Rosenthal, Hildegard — 53
Roupas freudianas (Mário de Andrade) — 51
Ruptura (Geraldo de Barros) — 40

S

Sacilotto, Luiz — 39
Santa Rosa Júnior, Tomás — 48
Santos, Nelson Pereira dos — 57
Segall, Lasar — 14, 15
Sem título (Waldemar Cordeiro) — 39
Serpa, Ivan — 41
Symphonia da metrópole, A (Adalberto Kemeny e Rodolfo Rex Lustig) — 54

T/U

Torre, A (Franz Weissmann) — 44
Tropicália (Hélio Oiticica) — 45
Unidade tripartida (Max Bill) — 38

V

Verger, Pierre — 42, 51, 52, 53
Vieira, Antônio Paim — 47
Visconti, Eliseu — 10, 11
Volpi, Alfredo — 30, 31

W

Warchavchik, Gregori — 58
Weissmann, Franz — 41, 43, 44
Wollner, Alexandre — 39, 49

Z

Zanini, Mário — 30